Chara

# 愛と贖罪

水原とほる

キャラ文庫

この作品はフィクションです。
実在の人物・団体・事件などにはいっさい関係ありません。

# 目次

口絵・本文イラスト／葛西リカコ

◆◆

『土産《みやげ》は適当に見繕ってくるけど、ほしいものがあればメールを送ればいい』

いつだって気前のいい父親はそう言っていた。

『一人暮らしだからって、羽目を外しすぎないでね。それから、ちゃんと食べるのよ』

母親の心配は歩《あゆむ》の健康のことばかりで、家を空けるときはきまって食事のことを言っていく。

父親のヨーロッパ出張に母親が同伴するのはこれが初めてではなかった。父方の伯父が経営する工業技術製品会社で働いている父は、今年で四十七という若さだがすでに専務取締役の地位にあった。海外出張が多く、二週間以上の予定になると母親も一緒に出かけて週末を一緒に過ごすのが常だったのだ。

他人から見れば優雅な生活に見えていたかもしれないが、父は社長である伯父の名代として取引会社の幹部との会合をいくつもこなし、傍らでは母親がビジネス以外の場で親睦《しんぼく》や交流を深めるための役割を果たしていた。

社長である伯父は一貫して技術畑で働いて、二十年前に自ら起業した。工業技術の知識はもとより判断力や決断力に優れているのだが、職人気質にありがちな気難しさのある人物だった。その点、歩の父は物腰が柔らかく、立ち居振る舞いはスマートで、語学の能力もあり語る内容にも知性とユーモアがある。

歳《とし》を重ねるほどに凛々《りり》しい容貌《ようぼう》に落ち着きと渋みが加わり、微笑《ほほえ》むと目尻《めじり》に優しげな皺《しわ》ができて、誰もが彼と言葉を交わしたいという気持ちになるのだ。自分の父親ながら、人を惹《ひ》きつける魅力というものは持って生まれた才能なのだとしみじみ思う。

母はいわゆる「お嬢様育ち」という女性で、比較的恵まれた家庭に生まれ、両親から大切に育てられ、おそらく人生で大きな挫折《ざせつ》や苦悩を抱えることもないままに父親と恋愛をして結婚した。

日本女性の独特の清楚《せいそ》さに繊細な目鼻立ちが男性の庇護欲をくすぐり、さらにはおっとりとした性格やどこまでも自然体の振る舞いは性別や年齢を問わず多くの人から愛されていた。

そんな彼らの一人息子として、歩は常に素直で彼らに愛される息子でいたいと思っていた。もちろん、思春期や反抗期らしきものはあったものの、同じ年頃の少年たちに比べれば穏やかなほうだったと思う。

そして、今年に入り志望大学に現役で合格し両親を大いに喜ばせることができたのは、歩自身も誇らしかったし嬉《うれ》しかった。学部は違うが父親の卒業した大学なので、入学式には一緒に行くと張り切っていた。十八にもなって親が同伴というのは気恥ずかしく思ったが、それで父親が喜ぶなら一緒に出かけるのもいい思い出になるかもしれないと思っていた。

入学式のあとには母親と三人で記念とお祝いの食事に出かける予定だった。いきつけのフレンチレストランは父親の学生時代の友人がオーナーなので、いろいろと細かい要望も聞いてもらえて母親もお気に入りの店だ。歩も高校入学のときに初めて連れていってもらい、大人とのきちんとしたディナーを経験した店でもあり、料理も美味《おい》しいのでとても楽しみにしていた。

それなのに、ヨーロッパ土産も同伴で出かける大学の入学式も、そのあとの家族でのディナーもすべては叶《かな》わない夢になってしまった。

両親はヨーロッパで過ごした週末、レンタカーを借りてドライブに出て、そこで交通事故に遭ってしまった。わき見運転をしていた車が対向車線をはみ出してきて、それを避けようとしたトラックが父親の運転する車に突っ込んできたのだ。

父親は即死だったという。助手席に座っていた母親は救急車で病院に運ばれたものの、一時間後に死亡が確認された。日本にいて歩はその情報を伯父から聞かされた。その日のうちに伯父と会社の総務部長とともに現地に飛んだが、病院で両親に対面するまでの記憶はほぼない。

両親の遺体はかなり傷ついていて、伯父は見ないほうがいいと言ったが、歩はどうしても二人に会いたかった。病院の遺体安置室に入ると、白いシーツをかけられて二人がそれぞれのベッドに寝かされていた。シーツの端にはシールが貼《は》られていて、片方には「TATSUHIKO HORIGUCHI」、もう片方には「NOZOMI　HORIGUCHI」とサインペンで書かれていた。

ふらつく足取りでベッドのそばに行き、まずはゆっくりと父親のほうのシーツをめくった。だが、伯父の言うとおりにしておくべきだったかもしれない。その痛ましい姿を見てしまい、その部屋から飛び出して泣き叫んだ。母親の姿は見ることはできないままだった。

そして、また歩の記憶は飛んでしまう。覚えていないわけではない。だが、その記憶を封印してしまうしかなかった。そうやって自分の心のバランスを保つしかなかったのだ。

帰国したとき、日本で出迎えてくれたのは両方の祖父母と母親の弟である叔父だった。それから両親の告別式が執り行われて、歩の涙も涸《か》れた頃少しずつ日常が戻ってきた。

ぽっかりと心の中に大きな穴が空いたままで、歩は愛する家族を失い一人きりになってしまったことに恐ろしいほどの孤独を感じていた。この悲しみを埋めるものが見つかるとは思えず、鬱々《うつうつ》と過ごす夜は眠れず暗闇《くらやみ》の中で涸れたと思った涙をまた流す。

ただただ虚《うつ》ろな心で過ごしたその年の春は、桜の美しさも歩の目にはまるで映っていなかった……。

◆◆

「本当に一人でいいのかい？」

大学の入学式の日、出かける歩に叔父が心配そうに玄関先までやってきてたずねた。

「子どもじゃないんだから、平気だよ。それに、叔父さんだって今日は大学でしょう」

叔父のほうはもちろん、入学式ではない。都内の大学でフランス文学を教えている彼は、春の休暇中も自身の論文のためにちょくちょく研究室に出かけていた。

「じゃ、今夜は一緒に外食しよう。入学の祝いだから、歩の好きなイタリアンがいいね」

「うん、ありがとう」

本当は両親と行くはずだったフレンチレストランへ行くのはまだ辛《つら》い。それなら、あまり堅苦しくないイタリアンレストランで、叔父と気楽に食事をするほうがいい。

軽く手を振って家を出た歩は、外門の横の表札に並ぶ名前を確認する。母親の旧姓でもある「天埼《あまさき》」という叔父の苗字の横に、「堀口《ほりぐち》」という歩の苗字がつけ足されている。それを見て、すでに新しい人生が始まっていることを今一度自分に言い聞かせた。

いつまでも悲しみに沈んでいたら、周囲で支えてくれる人たちに心配をかけてしまう。それに、塞《ふさ》ぎ込んでせっかく受かった大学にも行けないようでは、両親もあの世でさぞかし心を痛めるだろう。

悪夢のような事故から告別式を経て、すでに二ヶ月が過ぎていた。高校を卒業するまでの間は母方の祖父母が歩一人となったマンションに同居してくれて、面倒を見てくれていた。だが、彼らはすでにリタイア後の人生をシンガポールで過ごしており、自分のために日本に引き上げてきてくれとは言いたくなかった。

とはいえ、両親と住んでいた広いファミリータイプのマンションに一人暮らしをするのは不経済だし、歩自身も寂しすぎる。マンションは賃貸に出して、一人暮らしのための小さな部屋を借りようかと思ったが、それには親族が皆顔色を曇らせた。

無理もない。歩自身できるだけ周囲に心配をかけまいと気丈に振る舞っていたものの、塞ぎ込んでいるのは一目瞭然《いちもくりようぜん》で、外出することもなくずっと部屋に引きこもっていたのだから。

そうかといって、父方の祖父母もまた北海道《ほっかいどう》で暮らしていて、都内に生活基盤を移すのは難しい。歩もせっかく受かった大学を諦《あきら》めてどちらかの祖父母の暮らす土地に移住する気にもなれなかった。

だが、解決案は思いがけず身近にあった。亡くなった母親の弟で、歩にとっては叔父の直人《なおと》が都内で暮らしていた。都内の大学で准教授として勤めている彼は今年で四十になるが未だに独身で、それまでは勤め先の近くにマンションを借りて暮らしていたが、両親がシンガポールに移住したときに実家に戻ってそこで一人で暮らしている。

もともとは歩の祖父母と母親、そして叔父の四人が暮らしていた閑静な住宅街の戸建なので、叔父が一人で暮らすには当然ながら充分すぎるほど広い。

『歩さえよければ、うちの家から大学に通えばいい。卒業後のことは歩自身が決めればいいし、シンガポールでも北海道でも行きたくなったときには、それはそれでいいと思うよ』

叔父の言葉を聞かされたとき、歩はぜひそうしたいと思った。母親の弟である叔父の直人は、幼少の頃から親族の中でも大好きな人だった。

物心ついた頃から会えばよく遊んでくれた叔父だが、抱っこして「高い高い」をしてもらったのが最初の記憶だったと思う。その後も会うたびに優しくしてもらい、彼の膝《ひざ》の上で読み聞かせしてもらった本は数かぎりない。だから、そんな叔父から同居の提言をされたときは、驚くと同時に嬉しかった。

歩にとって直人は一緒にいると楽しくて心がくすぐられることが多々ある人なのだが、親族の中で彼の存在は少しばかり特別だった。悪く言えば変わり者であり、よく言えば孤高の学者気質の人なのだ。もちろん、気難しいところがあることは幼いながらも感じていたが、それでも彼は彼なりに歩を可愛がってくれていたし、その気持ちは充分に伝わっていた。

双方の祖父母は叔父の気まぐれではないかと案じ、数週間もしないうちに歩との同居に疲れ、あげくに二人して心を病むようなことはないかと不安に思っていたようだ。もちろん、一歩間違えればその可能性は多分にあったと思う。

ただ、叔父の直人と歩の間には、誰にも気づかれないまま築いていた特別な心の交流があった。だから、彼が引き取って面倒を見ると言ってくれたとき、歩は自分が感じていた絆《きずな》はけっして独りよがりのものではなかったのだと実感することができた。

そして、叔父との生活を始めてみれば、それは思いのほか快適であることに気がついた。最初に取り決めとして、二、三の約束事はあった。互いの生活スタイルに干渉しないこと。歩は未成年とはいえ、もう十八なのだから、自分の行動に責任を持つこと。家事についてはできるほうがやること。

どれも歩にとっては当然と思える内容だったので、ごく自然に受け入れることができた。言葉では若干突き放した印象はあっても、実際の叔父は優しくて一緒に家事をして過ごす時間は楽しいし、彼の書斎も自由に出入りして好きな本を読んでいいと言ってくれた。

ただ、暗黙の了解のようにそれぞれの寝室には、特別な用事でもないかぎり立ち入ることはしない。

『歩がガールフレンドを連れてきても、いきなり部屋に行ったりしないから安心していいよ』

叔父は冗談半分にそんなことを言った。子どもではないのだから、彼女を部屋に連れ込んでそういうこともあるだろうと思い気をきかせてくれたのだろう。男同士の同居はこういう点は遠慮がなくて、気が楽だった。ただし、歩には家に連れてくるようなガールフレンドはいない。

高校は男子校の進学校だったし、勉強や塾に追われていたこともありバイトもしていなかったので、単純に女の子と出会う縁がなかった。同じ高校の先輩から怪しげなメールをもらうことはあったけれど、べつに同性と擬似恋愛をしたいという気持ちもなかった。

大学に入ったら心ときめく女の子との出会いがあるかもしれないと思っていたが、実際はそういう気分でもないのだ。大学の入学式というのに晴れやかな気持ちはほんのわずかだった。それよりも、久しぶりに外に出て人に会うことが億劫《おっくう》だった。いっそずっと叔父と一緒にあの家の中でひっそり暮らしていたい。両親の突然の死で、自分の人生にぽっかりと穴が開いたまま未だに塞がることはない。

新しい環境での学業と初めて出会う人々との人間関係の構築、それらを一からやることに歩はこれまでには感じたことのない怯《おび》えを抱いていた。

今の歩はあまりにも弱々しくて、わずかなことでも心が砕け散ってしまいそうで怖いのだ。

(駄目だから。そんな弱気な気分でいたら、きっと父さんも母さんも悲しむ……)

電車に乗って大学へ向かうとき、懸命に自分に言い聞かせる。もともと歩は亡くなった父親とは違い、社交的な人間ではない。おっとりとした性格はおそらく母親に似たのだと思う。目鼻立ちも父親よりは母方の家系によくある顔だ。

細面の面立ちに細い鼻梁《びりょう》と細めの眉が人に繊細な印象を与えるらしい。だが、女性ならそれでよかったかもしれないが、色白で華奢《きゃしゃ》な体格もあって男性としてはやや魅力に欠ける気がしている。男の子は母親に似ると言われているが、成長しても凛々しく父親のようにはなれない自分の容貌は、歩のコンプレックスの一つだった。

もっとも、どちらかといえば内向的というだけで、高校まではそれなりに気の合う友人に囲まれていた。両親の葬儀にきてくれた同級生も少なくなかったし、卒業後も電話やメールで連絡を取り合っている。

ただし、気晴らしに遊びにいこうと誘ってくれる彼らの気遣いは嬉しかったけれど、歩のほうが愛想笑いを浮かべたり、元気そうに装ったりするのが苦しくて春休みの間に少しばかり疎遠になっていた。それに、大学が始まれば誰もが自分の新しい人生に夢中になっていくものだ。同じ高校から同じ大学に進学した者は数名いるが、ほとんどが理系の学部で社会学史学科に入ったのは歩だけだ。知り合いがいないのは寂しい気もしていたが、両親の事故について触れられることがなければそれはそれで気が楽だった。

歩自身も新しい人生を仕切り直すつもりで、大学生活をスタートさせればいい。電車が大学の最寄駅に着くと、入学式に参加する新入生が普段より少しばかりかしこまった格好でキャンパスに向かう姿が目に入った。中には両親と一緒の学生もいる。本当なら歩も父親と一緒にこの道を歩いているはずだった。

だが、叶わぬ夢を思っていても仕方がない。歩は未だ心にまとわりつくような悲しみを振り切って大学に向かい、父親も学んだキャンパスの正門を潜るのだった。


「いよいよ大学生か。小さかった歩も一人前になったもんだね」

入学式のあと叔父と外で待ち合わせをして、約束どおりイタリアンレストランで外食をした。叔父も今日は研究室に出かけていたし、夕飯を作るのが面倒なので外で手っ取り早く済ませればいいと思っていた。けれど、叔父のほうは歩の新しい門出の日なので気遣ってくれたのか、かなり高級な店を予約してくれていた。

乾杯は叔父がワインで、歩はスパークリングウォーターで気分だけを味わった。考えてみれば、叔父と二人きりで外食するのはずいぶんと久しぶりだ。

一緒の生活を始めてからすでに三週間ばかり過ぎていたが、歩が塞ぎ気味で外に出たくないのを察してくれていたのか、家での食事ばかりだった。

叔父と最後に二人きりで外食したのは、歩が高校二年の夏だったと思う。あのときも両親が揃《そろ》って海外に出かけているときだった。中学の頃は両親が海外に出ると、まだ日本にいた母方の祖母がマンションにきて面倒を見てくれた。

だが、高校生になれば一人でもたいていのことは自分でできたし、高校二年になった年に母方の祖父母は揃ってシンガポールに移住した。あの夏は受験のための塾の夏期講習を受けている歩を、叔父が息抜きにと別荘に誘ってくれたのだ。

考えてみれば、あれ以来ゆっくり叔父と顔を合わせることもなかった。けれど、これからしばらくは二人の生活が続く。あの夏の楽しかった日を思い出すたび、やっぱり叔父の家に同居させてもらうことにしてよかったと思うのだ。

「どう？　大学では友達になれそうな子はいたかい？」

前菜が運ばれてきて、叔父がカトラリーを手にしてたずねる。訊《き》かれると思っていたが、叔父の喜ぶような答えはできなかった。一人で静かに入学式に参加して、その後は必要な手続きを済ませるとキャンパスを見て回ったが、クラブやサークルの勧誘以外で誰かと言葉を交わすこともなかった。

歩は小さく首を横に振ってみせたら、叔父もそれは予想できたことなのか優しく微笑んでいた。

「そのうち、同じ講義を受けている学生同士で話をするようになるよ。ノートの貸し借りとかもするだろうしね」

頷《うなず》いた瞬間、ちょっと思い出したことがあった。

「そういえば、一人だけ声をかけてきたっけ……」

「男？　それとも、女の子？」

叔父の質問に、歩は久しぶりに口元に小さな笑みを浮かべた。

「男だけど、僕のことを女の子と間違えたみたい」

「だって、今日はそのスーツ姿だったんだろう？」

「パンツスーツ姿の女子も多かったから、後ろ姿だけで女の子だって思い込んでいたみたい。前に回ってきて声をかけてから気づいて、向こうも慌てていたよ」

「歩は姉さんに似て線が細いからね。それに、近頃のメンズスーツは細身にできているし、そういうへアスタイルの女の子もいるからな」

　柔らかい少し癖のある髪は叔父も同じで、おかしそうにクスクスと声を漏らして笑いながらワインを飲んでいる。そこへ二番目の前菜となる少量のパスタの皿が運ばれてきて、ウエイターが素材の説明をしてくれる。

　頰杖《ほおづえ》をつきながら少し気だるい様子でそれを聞いている叔父に、まだ若そうなウエイターはなぜかうっとりとした視線を投げかけていた。頰杖をつくなんてちょっと行儀が悪いのに、叔父がそういうポーズを取ると独特の雰囲気がある。それは妙に甘くて、人の視線を釘付《くぎづ》けにする魅惑的なものなのだ。

　歩が母親に似ているように、叔父もまた実の姉に似た顔の造りをしている。なので、叔父と歩が並んでいると、兄弟と思われることも多々あった。実際は二十二も歳が離れているのに、叔父は独身のせいか若く見えて、四十になった今でも三十になるかならないかという印象だ。

　そして、彼は男性でありながら独特の色気のようなものがある。子どもの頃はそれほど意識することもなかったが、今では叔父がある種の男性を惹きつけてしまう人間だということはなんとなくわかっている。

　もしかして、叔父がずっと独身なのは彼の性的指向に関係しているのかと考えることもあった。だが、そういう目で見る男たちはいても、歩が知るかぎり叔父に特定の相手はいなかった。

あるいは、自分がまだ子どもだから気づいていないだけなのかもしれないが、歩が知る叔父はいつもフランス文学の研究に没頭している時間が一番幸せそうだった。

いずれにしても、互いのプライベートには干渉しないという約束で生活をともにすることになったのだ。これからも歩は叔父とはほどよい距離感を保ちながら、身内を失った悲しみを埋め合って生きていけたらいいと思っていた。

「直人叔父さん、僕のことを引き取ってくれてありがとう」

あらためて大好きな叔父がいてくれて本当によかったと思った歩は、食事の手を止めて言った。すると、叔父はいきなりの礼の言葉に小首を傾《かし》げて微笑んでいる。

「急にどうしたのさ?」

「だって、ずっと気楽な一人暮らしだったのに、僕を一緒にあの家に住ませてくれるなんて思っていなかったから」

「当然だよ。歩は姉夫婦の忘れ形見だよ。僕にとってもたった一人の大切な甥《おい》っ子だ」

叔父がそんなふうに言うには、姉夫婦に対する彼なりの特別な思いがあるからだ。実は、両親の出会いのきっかけを作ったのは叔父なのだ。

祖父の仕事の関係で天埼家は約五年ほどシンガポールで暮らしていたのだが、帰国したとき叔父は高校一年だったそうだ。大学生になっていた母親は、シンガポールの大学から日本の私立大学へ問題なく編入することができた。

　また、シンガポールで義務教育を受けた叔父の学力は日本の進学校でも問題はなかったが、向こうでは学ぶことのなかった科目もあり、それらを補うための家庭教師を雇うことになった。その家庭教師というのが、当時まだ大学生の歩の父だったのだ。

　その頃は、「教え子の姉」と「弟の家庭教師」という関係でしかなかった母と父は、家で会えば挨拶《あいさつ》をする程度だった。ところが、母が大学を卒業して外資系企業の受付として勤めに出るようになってから、すでに家庭教師を辞めていた父と街で偶然再会し、そこから二人の交際が始まったのだそうだ。

　弟の家庭教師だったことで天埼家のこともよく知っている父は祖父母にも歓迎されて、ごく自然に結婚への流れになったそうだ。

　叔父にしてみれば自分が縁結びのきっかけを作ったこともあり、二人の結婚を大いに祝福したという。また、歩が生まれたときは初めて抱く甥っ子の愛らしさに感激したと言ってくれた。そんなふうに叔父はいつだって歩のことを大切に思ってきてくれたのだ。

「でも、一つだけ残念なことがあるな」

「え……っ？」

　叔父の言葉に歩が内心慌てていた。もう三週間ばかり一緒に生活しているが、何か彼の気に障るような真似《まね》をしてしまったのだろうか。だったら、すぐにでも直すから何が問題なのか教えてほしい。だが、叔父はうろたえる歩を見てまた笑いながら言う。

「東洋史が専攻じゃ、フランス語は必要ないだろうな。せっかくマンツーマンで教えてやれたのに、こればっかりは残念だ」

そのことかとばかり歩も苦笑を漏らす。

「ごめんなさい。でも、やっぱり興味があるのは東洋史だから」

叔父はフランス文学を専門としているし、両親も海外は出張を含めてヨーロッパへ出かけることが多かった。だが、歩が興味を持ったのはもう少し東の文化だ。洋の東西が入り混じる国からシルクロードを渡りアジアへ流れ込んできた複雑な文化史は、高校のときに読んだ歴史書で大いに惹きつけられた。

父親の卒業した大学の社会学部に東洋史学があったことは、歩にとって嬉しい偶然であり、何があってもこの大学へ行きたいと思ったのだ。念願叶った今両親はいないが、学ぶ気持ちがなくなることはなかった。

英語に関しては若い頃からシンガポールで仕事をしていた祖父や、海外では英語でビジネスをしている父親の影響もあり、早くから習得する環境にあった。なので、できれば英語以外の二つの言語を選択しようと思っていた。

ただし、一年目は他の学科がどのくらい大変かわからないので、確実に単位を取れる英語を第一外国語に選択し、第二外国語はトルコ語を取るつもりだった。

二年になれば英語ではなく、アジアで活用範囲の広いタイ語を取ろうと考えているので、いずれにしても叔父にフランス語を教えてもらう機会はあまりないかもしれない。

「以前はフランス領だったベトナムでも、もうフランス語はほとんど使わないらしいしね。いよいよ歩のレポートの手伝いはできそうにない」

「忙しい叔父さんに、そんなことは頼めないよ。それに、いくら身内だからって大学の准教授にそれを頼んだらアンフェアだもの」

歩が運ばれてきたメインのラムのグリルを前にして言うと、叔父も笑って頷く。

「いい心がけだ。先輩のレポートを丸写ししてくるうちの馬鹿学生に聞かせてやりたいね」

フランス文学を専攻したものの、実際はフランス文学など微塵《みじん》も興味がなければ、たまたま入れたのがその学部だったという学生もいる。そういう連中はなんとか単位だけ取って卒業してしまえばいいと考えていることを隠しもしないそうだ。

叔父のほうももうそんな学生の扱いには慣れたものだが、中には本当にフランス文学が好きで入ってくる学生もいるので、そういう連中に向けて講義をしていると割り切っているのだという。

日本の大学の性質上、入試に合格した時点がゴールで、あとは適当に単位を取って卒業してしまえば就職がついてくると考えている者が少なからずいるのは事実だと思う。

けれど、歩は純粋に東洋史を学びたいという思いが強い。むしろ、こういう学科は就職には不利だとわかっていても、苦手な理系や就職に有利な経済学科や法科を選択する気にはなれなかった。

「とりあえず、今は勉強しているほうが精神的に楽だから……」

歩が言うと、叔父はその気持ちを察したように少しだけ表情を曇らせた。

「姉さんと義兄《にい》さんのことは、俺も辛いよ。思い出すたびに胸が痛むし、真夜中に目を覚まして泣きたくなることもある」

「叔父さんも？」

歩はあの日からこの胸から痛みが消えた瞬間さえないし、叔父と同じように夜中に目を覚まして は涙を流して朝を迎えたことも一度や二度ではなかった。

「でも、泣いても二人は帰ってこないから。月並みな言葉でどうしようもないけれど、嘆いていても仕方がないんだよ。生きている者は自分の与えられたこの世での時間を、しっかりと生きなくちゃいけないってことだ」

歩もそれはわかっている。ただ、頭でわかっているはずのことが、胸の中ではきちんと消化できていない気がするだけ。本来なら頭と心は同じはずなのに、今の歩のそれらは完全に分離された状態だった。

両親の死に関して諦めて割り切ろうとする頭と、未だに信じたくないとあがく心があって、歩自身が二つに引き裂かれそうな心持だった。

「僕はまだ気持ちの整理がつかないし泣きたくなることもしょっちゅうなんだけれど、叔父さんと一緒にいるとなぜか少しだけ胸が楽になる気がするんだ」

「歩、それは……」

叔父が何かを言おうとしたのを遮るようにして、歩がさらに言葉を続ける。

「うん、わかっているよ。叔父さんに甘えるつもりはないよ。ただ、他の誰といるより叔父さんといるのが今は一番落ち着いていられるから……」

祖父母もそれぞれに自分の息子と娘を失って苦しい思いを抱いている。そんな彼らといると、年老いた彼らに負担をかけたくないと無理をしてしまう自分がいる。けれど、叔父の直人だとそういう無理をしなくてもいい部分がある。

もちろん、叔父だって実の姉と義兄を失い悲しみに心は塞いでいるに違いない。それでも、双方の祖父母と違って彼にはまだ悲しみを受けとめ、消化するだけの柔軟性や順応性があるのだろう。そして、それが歩にとっては救いになっているような気がするのだ。

「姉さんたちがあんな形で逝《い》ってしまったことを本当に残念に思っているけど、歩と一緒に暮らせることについては嬉しく思っているんだよ。いつまでかはわからないけれど、これからのことは二人で考えていこう。歩が独立するときは、それなりの援助もしたいと思っているからね」

そう言った叔父の言葉は、あまりにも有難かった。自分は恵まれた家庭に生まれ育ち、両親が亡くなってもなおこうしてすぐそばで案じて支えてくれる人がいるのだ。

「ありがとう。叔父さん、本当にありがとうね……」

大学入学祝いのディナーは悲しくても、自分が幸せ者なのだと実感できた。そして、明日からの日々を思い、歩は今日歩いてきたキャンパスを思い出す。都心からそれほど遠くない場所にあるにもかかわらず、緑豊かで歩いていて気持ちのいい場所だった。

そこに新しい自分の人生がある。叔父の言うように、二、三週も講義を受けていれば声をかけ合う誰かもできるだろう。

無理をして友人を作りたいと思っているわけではない。大学生になれば、中学や高校と違い一人でいるだけで「奇異」な存在と決めつけられることもない。その点はずいぶんと気持ちが楽でもある。

ただ、大学生活で親しい友人も作らないというのはあまりにも残念だし、己のコミュニケーション能力を疑いたくなってしまう。自分は外交的ではないとはいえ、コミュニケーション障害を抱えているわけではない。両親の死という大きな衝撃に、一時的に心が病んでいるだけだ。

だから、いつかこの気持ちが癒されるときがくれば、歩も叔父から精神的に独立できると信じて疑ってはいなかった。

◆◆

大学の講義が始まって二週間が過ぎていた。

いつまでも肌寒いと思っていた気候も、近頃はすっかり安定していてコートを着て出かける日もなくなっていた。

「えっ、休講ってマジかよっ。だったら、もっと早く教えてくれよぉ～」

「俺、午後のバイト断ってきたのに、まいるなぁ」

掲示板に貼られたＡ４の連絡用ペーパーを見て、多くの学生が悪態をついている。無理もない。事前連絡もなく、昼食を終えた時間になって午後の講義を休講にされたら文句の一つも言いたくなる。それでも、午後が自由になり、誰もが掲示板の前から早々に去っていく。

歩はしばらく考えてから図書館でレポート作成をすることにした。春先のいい陽気だが、特に出かけたいところもないし、夕飯の用意をするにしてもまだ時間が早すぎる。なので、午前中の講義で出ていた課題をやってから、買い物をして帰ろうと思ったのだ。

同じ講義を受けている学生の顔は半分くらい覚えた。だが、そんな彼らに自分から話しかけようという気持ちには今でもなれないままだ。

帰宅すれば母親がいて、夕食には父親も揃ってその日の出来事を語り合うという日常が今はない。何気ない日常ほどなくなってみて人の気持ちを大きく挫《くじ》くのだとわかった。

どうにか大学に通っているものの、友人の一人もできないままで、塞いだ気持ちも変わらない。自分でもすごくいやな予感がしていた。このまま大学に行くことさえ辛くなり、逃げ出してしまうのではないだろうか。

弱気になる自分とここで逃げ出してはいけないと思う気持ち、さらにはきっと立ち直ってみせるという気持ちが葛藤《かっとう》する中で、歩は毎朝目覚めるたびに自分に問いかけなければならなかった。

今日は大丈夫だろうか。あるいは、今日こそ挫けてしまうだろうか。そんな不安や戸惑いの中で、今朝も叔父と一緒に朝食を摂《と》り、大学へ出かけてきた。けれど、歩にとっては何一つ目新しい出会いもなく、塞いだままの心の鍵《かぎ》を開く何があったわけでもない日だった。

レポートを書いてはぼんやりと宙を見つめ、またレポートに集中しようとして心が虚ろになっていることに気がつく。結局、思ったようにレポートも進まず、歩はテキストを片付けレポートの下書きをバインダーに挟んで帰宅の途についた。

途中で夕飯の材料を買い込み、家に着いたのはまだ日の高いうちだった。

「ただいま」

外出から戻ると癖のようにそう言ってしまう。以前なら、母親がリビングから顔を出して笑顔で「おかえり」と言ってくれるところだ。この家にきてからは、叔父は先に帰宅していても書斎や自分の寝室にいると玄関の声が届かないこともあり、わざわざ顔を出してくることもない。

歩はキッチンに行き、冷蔵庫に買ってきた食材を入れると、ペットボトルのミネラルウォーターを一本持って二階の自室に向かう。そこは結婚前の母親が使っていた部屋で、祖父母が住んでいた頃は客用の寝室にしていた。

母親が嫁ぐ前に暮らしていたときは、呆《あき》れるくらいフェミニンなもので溢《あふ》れかえっていたと叔父は言っていた。両親がシンガポールに移住するまでは、母親もちょくちょく実家にきていたし、歩も子どもの頃はよく一緒に連れられてきていたが、その頃はまだ部屋にはフランス人形やレースのカーテンなど、若い女性の趣味が残されたままだった。

けれど、今回歩が引っ越してきたときにはすでにそれらは一掃されていて、落ち着いた色合いの木目調の家具が揃っているだけだった。きっと母親のものがあったら歩がまた悲しみに浸ってしまうと気遣ってくれたのだろう。

同居するようになってから叔父の部屋に入ったことはないが、小さい頃に遊びにきたときはよく彼の寝室のベッドに座って本を読んでもらっていた。

叔父の趣味はあの当時からシンプルだった。壁に貼ってあるポスターも女優やアイドルなんかではなく、宇宙の写真だったり世界のどこかにある遺跡のものだったりした。

部屋全体がグリーンと黒とグレーで統一されていて、カラフルなものはたまたま置いてある雑誌の表紙くらいのものだった。今もきっとそんな感じでまとめられているのだろう。

二階へ上がると廊下の左手が一階からの吹き抜けになっていて、突き当たりが祖父母の寝室と二階のバスルームの扉が並んでいる。その手前が、現在歩が使っている部屋になっている。階段から一番近い場所に叔父の寝室があった。なので、歩が部屋に行くときは必ず叔父の寝室の前を通ることになる。

ペットボトルとデイパックを持って叔父の寝室の前を通りかかったときだった。部屋の中から微《かす》かな声が聞こえた。

（あれ、叔父さん、帰ってるのかな……？）

見ればドアが少しだけ開いている。まだ日は高いはずなのに、中は薄暗い。もしかして、具合でも悪くてベッドに横になっているのだろうか。心配になった歩が自分の帰宅を知らせると同時に、叔父に様子をたずねようとしてドアをノックしかけたときだった。

「あっ、ああ……っ。いいっ」

はっきりとそう聞こえてギョッとした。間違いなく叔父の声だ。それもものすごく艶《つや》っぽい。そのとき、ノックの手を下げて一歩下がった歩は、叔父が恋人を連れてきているのだと思った。歩がまだ帰ってくる時間ではないと思って、昼下がりの情事を楽しんでいる最中なのかもしれない。

そういえば、歩にも彼女を連れてくるなら好きにすればいいと言っていた。祖父母と暮らしていたら絶対に認められないようなことも、叔父だからこそ自己責任でオープンにやればいいと言ってくれたのだ。叔父だってあの年齢だし魅力的な容貌なのだから、恋人くらいいても当然だ。

そう思えば、べつに取り立ててショックなわけでもないが、次の瞬間歩はまた己の耳を疑うことになった。

「あんた、その歳でこの顔と体ってのはないよな。なんかヤバい薬でも飲んでんじゃないの？こういう遊びやってるわりに肌もきれいだしさ」

叔父ではない男の声がしたのだ。歩の頭の中で「どうして？」という言葉が回っていた。

「歳を取りにくい家系なんだよ」

「じゃ、その女顔も家系か？」

「そう。甥っ子も同じ顔をしているよ」

「へぇ。そいつはいいな。喰《く》ってみたくなるな」

男が不敵な感じの笑い声とともに言った。自分のことを言われているとわかって、歩は思わず背筋を震わせた。

「駄目だよ。あの子はまだきれいなままなんだから……。あっ、んく……っ」

よく聞くと叔父の声は艶っぽいだけではない。なぜか痛みを辛抱しているような苦しげな声がときどき交じるのだ。

「そうか。あんたみたいな変態の趣味はないってことか」

「あっ、だ、駄目だ……っ。あう……っ」

「駄目とか言いながら、前はこれだもんな。きれいな顔していても、こんなにいやらしい体じゃどうしようもないね」

いったい、叔父は部屋の中で男と何をしているのだろう。男が叔父を揶揄《やゆ》する下品な言葉に、歩はどうしようもないほどに胸の中をかき乱されていた。そして、気がつけば叔父の寝室の扉に近づいていた。

そっと隙間《すきま》から中をのぞき込むと、窓辺に置かれたベッドの上に二人がいた。部屋はカーテンが引かれていて、日差しが遮られているため薄暗いが、子どもの頃に入った見覚えのある叔父の部屋のままだった。

「ほら、もっと腰を上げろよ。中がいい具合になったか確かめてやるから」

「んん……っ、くぅ……っ、ううっ」

男の言葉に叔父が低く呻《うめ》く。薄暗い部屋に目が慣れてくると、二人の姿がはっきりと見えた。そして、歩は声を上げそうになって、慌ててペットボトルを持っていないほうの手で口元を押さえ込んだ。

さっきまでは自分の耳を疑うような心持だったが、今は自分の目を疑っている。それは、にわかには信じられない光景で、歩は呆然《ぼうぜん》としたまま目を見開いていた。

叔父はベッドの上で四つんばいになっているのだが、頬《ほお》を枕に押しつける格好で膝をつき腰だけを高く持ち上げている。頭を両手で支えていないのは、そうできないからだ。叔父の両手は背中に回されて、そこで一つに結わえられていた。

それだけでも充分すぎるほど衝撃的な姿だが、それを足元から眺めている男は淫靡《いんび》な笑みとともに叔父の股間《こかん》に手を伸ばした。

「膝の位置をずらしな。もっと尻《しり》を割って見せてみろ」

「あっ、いやだ……っ」

「嘘つけ。恥ずかしい格好を見られんのが好きだろうが。いやらしいここが、物足りなさそうにずっぽり咥《くわ》え込んでるぞ」

そう言ったかと思うと、男は叔父の尻の間から何かをゆっくりと引っ張り出す。最初は何かわからなかったが、黒光りした長いものが男性器を模したものだとやがて気がついた。

息を殺しながらも、口腔《こうこう》にたまった唾液《だえき》を嚥下《えんか》する音が大きく響いたような気がしていた。

それでも、やっぱり目を離すことはできなかった。

「どうだ？　こいつを抜いたらここが寂しくなるだろう？」

「ああ、代わりのを入れて。早く、もうほしい……っ」

「代わりって、俺のをか？」

「タカのがいい。太くて硬いのがいいんだ……」

タカと呼ばれた男はあられもない格好で、淫《みだ》らなことをねだる叔父を見下ろしてあざ笑う。

叔父よりは十以上も若く見えた。せいぜい二十代後半だろう。

たくましい体軀《たいく》をしていて、目鼻立ちは薄暗い中でもその凹凸がはっきりとわかるくらい彫りが深い。女性的で日本人らしい美貌の叔父とは正反対で、西洋的な面立ちをしている男だ。茶色に染めた髪を長めに伸ばし、スタイルフォームなどで後ろに流したヘアスタイルからも会社勤めの人間ではないとわかる。

男は叔父にねだられるまま自分の股間のものを出してきた。だが、すぐには叔父の望みを叶えることはなかった。赤黒く充分勃起《ぼっき》しているものを握ると、叔父の髪をつかんで体を起こさせた。そして、そのまま叔父の頭を自分の股間に持っていく。

「入れる前にもう少し大きくしておいたほうがいいだろ?」

叔父は首を振って額にかかる前髪を目の前から払い、言われるままに男の股間に舌を這《は》わせていた。美しくて知的な叔父の印象が歩の中で音を立てて崩れていく。

裸で両手を縛られたまま、犬のように這って男の股間のものを舐《な》めているなんて信じられない。目の前の光景は何かの間違いではないのだろうか。けれど、叔父が望まぬ性行為を強いられているとは到底見えなかった。

(嘘だ、こんなの嘘だ……っ)

心の中で呟《つぶや》きながら、これ以上ここにいてはいけないと思った。それでも歩の足は動かず、視線は部屋の中をさらに凝視する。この先タカという男に叔父はどうされてしまうのだろう。

もう何もかもわかっているくせに、この目でそれを確かめたいという気持ちがあった。

それはとても危険な好奇心だった。わかっているけれど、自分の知らなかった叔父の姿を目の当たりにして、歩は完全に自制心を失っていた。

「ほら、もっと奥まで咥えろ。おしゃぶりも好きなんだろ。こいつがあんたを最高に気持ちよくしてやるんだから、そのつもりで丁寧に舐めろよ」

タカという男が乱暴な言葉で命令するたびに叔父の腰が淫らに揺れているのがわかる。しばらく口淫《こういん》が続いたが、やがてタカは叔父の頭を股間から引き剝《は》がしてそこにコンドームを被《かぶ》せている。

「さてと、どの体位がいい？　いつものように犬みたいに這って突っ込まれたいか？　それとも自分で跨《また》がるか？　たまには正常位でもいいけどな。それじゃ、あんたが燃えないんだろ？」

「なんでもいい。もう、ほしい……っ。入れて、早く中を擦《こす》って……っ」

叔父が淫らにも切羽詰まった声で懇願している。タカがそれを聞いてまた鼻で笑うと、自分がベッドの上に横になり叔父に上から跨がるように顎《あご》で促していた。

さっきまでの口淫で赤い唇を唾液で光らせた叔父は、ひどく妖《あや》しげな笑みとともにタカの腰の上に跨がる。両手が使えないままだが、しっかり屹立《きつりつ》している彼のものの上に狙《ねら》いを定めて腰を落としていく。そのときタカが自分自身のものに少し手を添えただけで、叔父の後ろの窄《すぼ》まりは簡単にそれを咥え込んでいった。

　何かグチュと濡《ぬ》れたような音が響いて、同時に叔父が甘い声を漏らした。

「ああ、いい……っ、深いところまでくる……っ」

「オモチャでさんざん嬲《なぶ》ってやったから、中がいい具合に緩んでるな。そのくせ絡みついてくるんだから、やりまくっているわりにはたいした名器だよ」

「ねぇ、触って」

「前か？　乳首か？」

「両方。どっちも感じるから、もっと締め上げてやれるよ」

「馬鹿野郎。これ以上締められたら、俺のがちぎれちまうだろうがっ」

　タカの悪態に、叔父が驚くほど淫靡な笑みを浮かべてみせる。恍惚《こうこつ》とでもいうのだろうか。今の叔父は歩の知っている叔父ではなく、まったく別の人格が乗り移っているかのようだった。

　そのときになって、ようやく歩は我にかえって視線を逸《そ》らす。途端に自分が今ここにいてはいけないと思い、ふらふらとその場を離れていった。

　とにかく、音を立てないように階下へと下りていく。デイパックもペットボトルも持ったまま、玄関でスニーカーを突っかけて外に飛び出す。そのまま駅前まで走りながら、歩の脳裏には何度も叔父の淫らな姿が蘇《よみがえ》ってくる。

（なんで？　どうして、あんなことできるの……？）

歩にはわからないけれど、男とサディスティックなセックスに興じながらも、叔父は恐ろしく淫靡でいて美しかった。あれが本当の叔父なのだろうか。そして、母親や祖父母は叔父が同性愛者であることを知っていたのだろうか。

おそらく、祖父母は叔父が学問のための時間を大切にしたくて独身を通していると信じていると思う。歩自身は叔父の性的指向について、たびたび疑ったことはあった。だから、もし叔父からそれを打ち明けられることがあっても驚くことはなかったし、彼がその人と幸せであるならそれでいいと思っていた。

でも、今日見た叔父の姿は、あまりにも歩の想像の範疇《はんちゅう》を超えていた。ベッドの中でのことなどその人のプライベート中のプライベートであり、他人がとやかく言う話ではないとわかっている。ただ、あまりにも衝撃的すぎたため、歩の中で混乱する頭と心が簡単に落ち着きそうにはなかったのだ。

駅前まで走ってきた歩はようやくそこで足を止め、近くの電柱にもたれるようにして荒い呼吸を整える。しばらく人通りの中で立ち尽くしていたがやがて心臓の鼓動もおさまり、駅前の人ごみを避けるようにまた歩き出したが行くあてもない。歩は表通りから少し離れたところにあるカフェを見つけてそこに入ると、ホットティーを注文してようやく一息ついた。

同時に、重い溜息《ためいき》が一つ漏れた。どうしてあのとき叔父の部屋をのぞいたりしてしまったのだろう。いっそ何も知らないままなら、叔父と楽しく同居を続けられただろう。けれど、彼の秘密を知ってしまった今はどんな顔をして生活をともにしたらいいのかわからない。

あのとき、聞こえたのが叔父の声だけなら部屋の前を素通りできたかもしれない。だが、続けて聞こえた男の声に足が止まってしまったのだ。そして、怪しげな二人の会話を聞けば、どうしても見ずにはいられなかった。

せめてドアがきちんと閉まっていたなら、わざわざのぞき込むこともなかっただろう。そうは思ったものの、叔父だって歩が帰ってくるとは思わずにいただろうし、ドアだってきちんと閉めたつもりでいたのかもしれない。

あれこれ考えても、見てしまったものは後悔しても仕方がない。今日でなくても、一緒に暮らしていればいずれは叔父の秘密を知る日がきていただろう。ただ、この現実をどうやって受けとめるべきかということが歩の問題だ。

そして、もう一度重い溜息をついた。注文したホットティーが運ばれてきてカップに手を伸ばしたとき、テーブルの上にあった銀色のシュガーポットに店の照明が反射して、自分の顔が映っているのに気がついた。

叔父によく似た自分の顔を見ているうちに、さっきまでの彼らの情事を思い出す。叔父の白い肌や淫らな笑み、あられもない姿に恍惚の表情などが脳裏に浮かび、歩の胸の鼓動がまた速くなる。

動揺しながらもどこか興奮しているような、なんとも言えない表情の自分を見ているのはひどく気恥ずかしくて、歩は慌ててシュガーポットから視線を逸らしてしまうのだった。

◆◆

「おかえり。夕飯の用意ができてるよ」

歩が家に戻ったのは夜の七時を過ぎてからだった。家を飛び出してから三時間近く駅前のカフェにいたが、いつまでもそこでそうしているわけにもいかず家に戻ってきたのだ。

結局、頭の中の整理はできないままだったが、叔父はいつもと変わらない穏やかで優しげな様子だったし、もちろんタカと呼ばれていた男の姿ももうない。

なので、もしかしたらあれは奇妙な夢だったのだろうかと思った。いっそあれが自分の馬鹿げた妄想だったらよかっただろう。けれど、キッチンに立ってシチューの鍋《なべ》をレードルでかき回している叔父の手首には、はっきりと赤い筋が残っていた。両手を縛られていた痕《あと》に違いなかった。

（あんなふうにされて痛くないのかな……？）

歩はふとそんなことを考えてから、すぐに問題なのはもっと他のことだと思い直す。

「ほら、できたよ。テーブルに運んでくれる？　ドレッシングはもう並べてあるから」

叔父の手伝いをして夕食の準備を整えると、二人してテーブルに向き合って座る。そのとき、叔父がごく自然な口調で歩にたずねる。

「ねぇ、もしかして、夕方に一度帰ってきた？」

「え……っ？　か、帰ってないけど、どうして……？」

「冷蔵庫に食材があったから。ほら、このブロッコリーとかアスパラとか、俺は買ってきた覚えがないし」

叔父はそういうと、ホワイトシチューに入れたブロッコリーとサラダに盛りつけてあったグリーンアスパラをフォークで指して言う。

「あっ、今日は午後からの講義が休講になったんで、昼過ぎに買い物をして一度戻ってきたんだ。それからレポートをやりに図書館に行ってたから遅くなっちゃって……」

歩がしどろもどろで言い訳をすると、叔父はあっさりと納得して笑っている。

「俺も二時くらいには戻っていたんだけど、夕方に買い物に行こうかと思って冷蔵庫を開けたら、野菜や切れかかっていた牛乳や卵まであって驚いたよ。でも、助かった。ありがとうね」

「叔父さんも今日は早かったんだね」

歩が何気なく確認するように訊いた。でも、まだ叔父と正面から視線を合わせることができず、さりげなくシチューやサラダの器の間で目を泳がせていた。

「ちょっとフランスの友人に送ってもらいたい本があって電話しようと思ったんだけど、ほしい本のリストを自宅に置いたままだったんでね」

それで家に戻ってから国際電話をしていたという。嘘ではないにしても、それ以外のこともしていたということだ。

もちろん、叔父がこの家で何をしようと自由だし、歩がとやかく言える立場ではない。そればかりか、叔父は歩にもそういう自由をちゃんと認めてくれているのだ。

「そういえば、シンガポールから荷物が届いていたよ。父さんと母さんから大学の入学祝いじゃないかな。夏休みになったら一度会いにいくといいよ。少しでも気晴らしになればいいから」

「う、うん、そうだね。考えてみるよ」

少し先の夏の休暇の話をしているごく自然な態度の叔父を見ていると、やっぱり彼は歩があのとき廊下にいたことに気づいていなかったようだ。

(気をつけて足音はさせなかったし、気づいているわけない……)

そう思うと、少しばかり歩の中で安堵《あんど》の気持ちが湧《わ》いてきた。叔父にのぞき見がばれてさえいなければ、あとは歩が心の整理をすればいいだけだ。

叔父が同性愛者だからといって嫌いになるわけでもないし、いくら若く見えるといっても四十になるりっぱな大人だ。社会的な地位も立場もあるし、普段はきちんと生活をしている常識人なのだ。

そして、何よりも歩に優しく、この家での同居を認めてくれた。それ以上、叔父に望むものなどないし、ベッドの中でのことは他人が知っても仕方がない。どんなセックスをしているかなんて、犯罪にかかわることでなければまったくの個人の自由なのだ。

これまでこの家で一人暮らしの叔父は、好きなときに恋人を呼んで情事を楽しんでいたのだろう。歩が同居するようになってそういうわけにもいかなくなったから、昼間に恋人を呼んでいたのかもしれない。今日はタイミングが悪く、偶然にも叔父のプライベートを知ってしまっただけ。

彼の性的指向や性癖については驚いたけれど、もともと一族では少々変わり者の叔父なのだ。祖父母や今は亡くなってしまった両親がどのくらい叔父を理解していたかは定かではないが、歩だけはどんな彼でも認めようと思うし、自分の許容範囲を超える部分があるなら、そこへはあえて立ち入らなければいいだけだ。

そうやって、これまでどおり叔父とはうまく同居していけるはず。どんな叔父であっても歩はやっぱり彼のことが好きだし、両親がいなくなった今、歩にとってはどちらの祖父母よりも近くにいてほしい人なのだ。

「食事が終わったら、先に風呂《ふろ》に入っちゃいなよ。俺は片付けをしたら、ちょっとレポートの採点をしなけりゃならないから」

「わかった。でも、片付けは僕も手伝うから」

家事はできるほうがすることになっているが、今夜は叔父に夕食を作ってもらったから片付けくらいはしないと申し訳ない。叔父にしてみれば一人のほうが慣れていて手早いのかもしれないが、歩も両親が海外に出ているときは一人でなんでもやっていたのだ。

「歩はいい子だな。誰かと同居なんて考えられなかったけど、歩とならきっとうまくやれる気がしていたんだよ」

叔父がまた嬉しいことを言ってくれる。そんな言葉を聞いて、夕食を終える頃にはすっかり頭の整理もついていた。

歩は叔父にとって、「いい子」でいればいい。そうすれば、きっとこの先も二人はつつがなく同居を続けていくことができるはずだから。

衝撃的なことがあったせいか、その日は両親のことで心を寂しさに震わせることも忘れていた。

自分でも現金な話だと思うが、目の前に理解の範疇を超えたものや、想像もしていなかった現実が突きつけられたとき、人はこんなふうにそれまで心を占めていたものをしばし忘れてしまうようだ。

一緒に夕飯の片付けをして、叔父に促されて先に風呂を使った歩は部屋で濡れた髪を拭《ふ》きながら、シンガポールから届いていた祖父母からの荷物の宛名《あてな》ラベルを確認する。

叔父はおそらく大学入学の祝いの品だろうと言っていたが、内容品のところには衣類と書かれている。歩はバスタオルを肩にかけたまま箱を開いた。

中にはきれいな化粧箱が入っていて、それも開くと濃紺のスーツが入っていた。一緒に薄いピンク色のシャツとレジメンタルのタイとプレーントゥの黒い革靴の入った箱もあった。

同封されていたカードを開くと祖父の達筆で「大学入学おめでとう」の文字。さらに祖母の字で入学式に間に合わなかったけれど、これからはスーツを着る機会もあると思うのでよかったら着てほしいと書かれていた。

大学の入学式のときには、亡くなった両親が仕立てておいてくれたスーツを着た。祖父母もそれを知っていたから、急いで送ることもなかったのだろう。これまで何かあらたまった場所に出席するときは高校の制服を着用していたから、こうしてスーツが二着もできると急に大人になったような気分になる。

（そう、もう大人なんだから……）

もし、両親が生きていたら、もう少し子どもの気分でいられたかもしれない。けれど、いろいろな意味で自分は大人にならなければならないのだ。たとえば、今日の叔父のことについても、大人の対応をしなければならないと思う。

もっとも、どういう対応が大人なのかと言われれば迷うところではあった。ただ、よけいにことを荒立てることもなく、淡々と現実を受け入れるという選択は間違っていないだろう。

歩はスーツを箱から出すとハンガーにかけてワードローブの取っ手にかけておき、半乾きの髪を指先でつまみながら窓辺に立つと、なんとはなしに暗闇に沈む庭を見下ろした。

祖父母が暮らしていた頃は、祖母が毎日のように庭の手入れをしていて、近所の人が囲い越しに眺めてはよく整備された花壇を褒めていったものだ。叔父が一人で暮らすようになってからは、ずいぶんと趣が変わってしまった。

祖母のように毎日手入れをする時間もないし、庭師を定期的に呼んで大きな木に鋏《はさみ》を入れてもらい、あとは気が向いたら雑草を取るくらいだと言っていた。

『母さんの庭は造りすぎていて俺の趣味じゃなかったからな。どっちかというと、無造作な田舎《いなか》の庭っぽいほうがずっといいと思わないか？』

叔父はそんなふうに言っていたが、歩もまんざらその意見が乱暴とは思わない。祖母の庭は確かにきれいだったけれど、植えられた花が行儀よく並んでいる感じは窮屈で退屈そうに見えた。でも、亡くなった母親は祖母の庭が好きだったようで、マンション暮らしではガーデニングができないとよく嘆いていた。

男と女ではそういう感性が違うのだろう。叔父も歩もどちらかといえば男らしい男というわけでもないし、車や格闘技など普通男の子が夢中になりそうなものには興味がないまま生きてきた。それでも、祖母や母とは違う感覚で、叔父や自分はちゃんと男なのだと意識する。

（でも、叔父さんは……）

男なのに男に抱かれていた。またそこへ思考が戻ってきて、歩は頭を拭いていたタオルをぎゅっと握り締める。もうそれは自分の中で決着をつけたはず。そう思って、タオルをバスルームのランドリーボックスに入れにいこうとしたときだった。

歩の部屋のドアがノックされた。たった今叔父のことを考えていたせいで、歩はビクリと体を緊張させた。だが、すぐに返事をしてドアを開けにいく。

「歩、ちょっといいかな？」

叔父がドアの前に立っていてそうたずねた。何か難しい話なのだろうか。普段は互いの部屋へ行き来することはほとんどない。それは、同居を快適にするため二人で決めたルールで、それぞれの部屋だけはプライベートな場所としておくことにしたからだ。

だから、叔父が自分の部屋で恋人との時間を過ごしていたことも、当然といえば当然なのだ。それをのぞき見した自分がルールを破ったのだと、今は自らが反省する気持ちだった。

そんな負い目もあったため、このとき部屋に訪ねてきて話があると言った叔父を歩は自分の部屋に招き入れた。

「姉さんの部屋も使う人が変わるとずいぶん変わるもんだね。なかなかいいんじゃないか」

「叔父さんがシンプルな家具に変えてくれていたからね。僕もこういう感じのほうが好きだし、ちょうどよかったんだ」

叔父は歩の部屋をざっと見てから、今度は窓辺に向かう。

話というのはなんだろう。歩はここにきて、ハッとした。もしかして今日の午後のことがばれていて、何か言われるのだろうか。叔父がわざわざ部屋にやってくるくらいだから、その可能性は充分にある。

途端に歩の心がざわついた。先に謝ってしまったほうがいいだろうか。それとも、知らないと言い通すほうが賢明なのだろうか。

歩の胸の鼓動が緊張で急激に速くなる。唇が小刻みに震えて、寒くもないのについ身を守るように手にしていたタオルを抱き締めていた。

「あのさ、今日の夕飯のとき、ちょっと様子がおかしかったから気になってね」

「そ、そんなことないけど……」

歩が震える声で答えると、叔父は少し困ったような表情になる。そして、いつもの優しい笑みとともに言った。

「姉さんたちがあんなことになって、歩の気持ちが塞ぐのは仕方がないと思う。俺だってまだまだ苦しいし、ふとした瞬間に気持ちが沈むって言ったよね。だから、歩にもすぐに元気になれなんて言えやしない」

歩は黙って頷いた。そのことについてはこれまでも何度か話をしてきたはずだ。だが、叔父はさらに踏み込んだようにたずねる。

「気になっているのは、大学でちゃんとやってるのかなってこと？　もちろん、無理して友達を見つけて楽しんでいるふりをしても意味はないけど、もしかして大学に通うのが辛いとかなら何か方法を考えてもいいかなって思う」

「方法……？」

「たとえばだけど、心療内科に相談するとかカウンセリングを受けるとかね」

どうやら叔父は歩の心が病んだままで、今日の夕飯のときにも元気がなかったと思っているらしい。実際、自分の心は病んでいると思う。以前のような覇気はないし、もともとそれほど外交的でなかった性格に拍車がかかり、自分から誰かに声をかけるということもない。

叔父の言うように、両親の無念の死を思うほどに夜中に涙がこぼれることもあれば、人ごみの中にいてもふとした瞬間に心が沈む。なぜ自分は一人でここにいて、何をしているのだろうと、ごく当たり前のことがわからなくなる瞬間があるのだ。

けれど、医者やカウンセリングに頼ろうという気持ちはなかった。今は静かに心の傷が癒えるときを待っていたい。何かの力に頼っても、最終的には自分の力で悲しみを乗り越えていくしかないと思うから。

「心配かけてごめんなさい。正直に言うと、大学に行くのが辛い日もあるよ。でも、今はまだ頑張れると思うんだ。時間がかかっても、できれば自分の力でどうにかしたいと思うから。それで、もし本当に駄目かもしれないって思ったときは、叔父さんの言っているような方法も考えてみるよ」

叔父はさっきまで歩が立っていた窓辺にもたれて、暗い外の何を見るでもなくじっと見つめている。歩はといえば、彼の話が例の件ではないとわかり内心安堵していた。

ベッドに腰かけたまま強く握り締めていたタオルを首にかけると、まだしっとりとしていた毛先を挟み込むようにして拭ってみる。ほとんど乾いている髪に触れながら、自分の所在無い気持ちをごまかしているだけだ。すると、叔父が小さく吐息を漏らすのが聞こえた。

「わかった。歩がそう言うなら、もう少し様子を見てみようか。でも、辛くなったらいつでも言うんだよ。せっかく志望の大学に入ったんだし、普通に通えるならそれが一番だけどね。でも、一年くらい休学したって、長い人生の中ではたいしたロスにはならないんだから」

浪人や休学をして二年、三年くらい同期から遅れたところで、人間も三十、四十の歳になればたいして変わりはなくなると叔父は言う。経験のある人間だから言える言葉で、叔父もフランス留学をしていたため、日本の大学は通常より一年遅れて卒業しているのだ。

「直人叔父さん、心配してくれてありがとうね」

歩の言葉に叔父は笑って手を振って、静かに部屋を出ていく。

その姿を見送った歩は肩にかけていたバスタオルを頭にかけてすっぽりと顔を隠すようにすると、その中でじっと目を閉じる。

なんだか今日という一日はいろいろなことがありすぎて疲れてしまった。けれど、自分はまだ大丈夫だと思うし、叔父との関係もこれまでどおりで落ち着くだろう。

(うん、きっと平気だから……)

自分自身に言い聞かすようにそう胸の中で呟いたときだった。歩が座っているベッドの右隣のスプリングがわずかに沈む感覚があった。

(え……っ?)

奇妙に思いタオルを被ったまま閉じていた目を開いてギョッとした。自分の膝に白い手がそっとのせられるのが目に入ったからだ。咄嗟《とっさ》に頭に被っていたタオルを振り払う勢いで顔を上げた。

「ひぃ……っ」

思わず引きつった声が出たのは、さっき出ていったはずの叔父が自分の隣に座っていたからだ。

「お、叔父さん……?」

目を閉じて考えごとをしていたせいか、彼がいつの間にか戻ってきていたことに気づかなかった。でも、戻ってくるならどうして声をかけてくれなかったのだろう。歩は驚きのあまり痛いくらい速く打っている心臓を押さえるようにして、彼の顔を恐る恐る見上げる。

叔父は笑っていた。でも、いつもの笑顔ではない。少なくとも、さっきまで歩のことを案じてくれていた優しい彼の表情ではなかった。何を考えているのかわからない叔父のこんな顔を初めて見る。

いや、初めてではないかもしれない。こんな顔を見た覚えがある。今日の午後、彼の部屋をのぞき見たときと同じ、男の腰に跨がりうっとりと微笑んでいるときの顔だった。妖しげなのに、どこか能面のように生気が感じられなくて冷たい印象だ。

わけがわからず緊張に体を硬くし、言葉もないまま頬を強張《こわば》らせていると、叔父は隣から歩の肩に腕を回してきて唇を耳元に寄せた。

「今日の午後、家に戻ってきたよね？　だったら、見たんだろ？」

思わず掠《かす》れた悲鳴を上げそうになった。

すっかり油断していたけれど、叔父が気づいていたことをよもやこんなタイミングで突きつけられるとは思っていなかった。完全にうろたえてしまった歩は、答えることができないまま小さく首を横に振る。

「嘘を言ったら駄目だろ。気づいていないとでも思ってたの？」

「あ、あの……、僕は……」

ますますしどろもどろになってしまい、もう叔父の顔を見ることもできない。俯《うつむ》いて懸命に言い訳の言葉を探しているだけだった。

自分ではっきりとわかるほど唇が震えていて、指先がじんと冷たくなっていく。そんな歩の手を叔父が肩に回していないほうの手で握ってくる。ビクリと小さく跳ねた体を押さえるようにして、叔父はまた耳元で囁《ささや》く。

「ねぇ、俺のあのときの姿を見てどう思った？」

「ど、どう……って……、な、なんのことか、僕には……」

わからないとしか言えない。ただ、驚いただけなのだ。それでも、歩はあのときの叔父の姿を思い出し、かぁっと頬が熱くなっていくのを感じていた。

「本当は歩も興味があるんじゃないの？」

ハッとして顔を上げたが、すぐそばに叔父のきれいな顔があってまた慌てて視線を逸らしてしまう。

「そ、そんなこと……」

「ないはずないだろう。もう十八だ。キスは前に教えてあげたよね？　あれから女の子とキスしてみた？　それとも、それ以上のこともうしたの？」

歩はますます真っ赤になってしまい、何も答えられないまま震えているしかなかった。そんな歩の体に叔父が自分の体をぴったりと密着させてくる。そして、歩の耳たぶの後ろあたりに鼻先を押しつけながら、どこか甘ったるい声色で言う。

「お風呂上がりのシャボンのいい匂いだ。十八になっても、歩はまるで子どもみたいだね。肌も白くてきれいなままだし」

歩はシャンプーや石鹸《せっけん》以外は使っていないが、叔父は大人なのでいつも気に入ったコロンを使っている。あまりきつくない柑橘《かんきつ》系のさわやかな香りで、叔父が歩いたあとにはほのかに鼻孔をくすぐる。けれど、今は彼があまりにもすぐそばにいて、それがひどく官能的な香りに感じられた。

「キスの先を教えてあげるよ。大丈夫。今夜はほんの少しだけだから……」

叔父はそう言うと、肩に回していた手に力を込めて歩の体を自分のほうへと引き寄せようとした。

このとき、歩は力任せにその手を振り払うことができなかった。どこまでも妖しげな叔父の雰囲気に呑《の》まれていたこともある。そのうえ昼間に見た彼の淫靡な姿を思い出せば、頭がくらくらとして抵抗する力など簡単にもぎ取られていくようだった。

叔父の手に促されるまま歩の体がベッドに押し倒される。覆い被さってくる叔父は、まるで獲物を見つけた美しい野生の獣のようだった。そして、歩は捕らえられた無力で知恵のない小動物のようだ。

「ま、待ってっ、お、叔父さん、ちょっと待って……っ」

だが、叔父の手は歩の顎をつかみ、ゆっくりと唇を重ねてくる。言葉を封じ込められて、思わず目を閉じたのは怖かったからだ。

もちろん、叔父も怖かったけれど、このときの自分自身も怖かった。これはいけないことだ。

正しいことじゃない。そうとわかっているのに、拒めなくなっている自分が怖かった。

ひんやりとした唇がしっかりと重なったあと、ゆっくりと歩の首筋を這っていく。お風呂上がりに着たばかりの長袖《ながそで》Tシャツの中に叔父の手が入っていくのを感じた。脇腹《わきばら》から胸のあたりを撫《な》で回し、乳首が見えるくらいまでTシャツの裾がまくり上げられていった。

歩の開かれた足の間に叔父の膝が入り、お腹を優しく撫でていたもう片方の手はやがて股間へと落ちていく。

「あ……っ、お、叔父さん……っ。いやだ……っ」

そこに触れられたとき、歩自身はわずかに反応していた。この状況で興奮せずにいられるわけがない。たとえ叔父であっても、彼が男であっても、歩の中でそれはなぜか大きな問題ではなかった。自分以外の誰かの手がそこに触れているというだけで、若い体が高ぶるには充分だった。

部屋着のジャージのズボンを下着とともに器用な手つきで下ろされて、歩は恥ずかしさに身を捩《よじ》った。だが、叔父は膝と肘《ひじ》を使って巧みに身動きを封じてしまう。

「俺のやっているところを見て、興奮したんじゃない？」

「そ、そんなことないっ。そんなことないから……っ」

「だったら、ここはどうしてこうなってるの？」

「だって、叔父さんが触るから……」

「俺以外の誰かだったら、こんなふうにはならないのかな?」

「えっ、そ、それは……」

わからない。自分の性器を誰か他人に触られたことなどないから。でも、叔父でなければ歩は耐え難いこんな恥辱から、渾身《こんしん》の力を振り絞って逃げ出そうとしているだろう。

だったら、これは歩の望んでいることなのだろうか。叔父の問いかけに歩の頭の中がまた混乱する。そうしているうちに、叔父の唇が歩の胸の突起をついばみ、やんわりと握った股間をゆっくりと擦り上げる。

「うう……っ、あ……っ、くぅ……っ」

思わず身悶《みもだ》えてしまい、それを見た叔父が小さく笑う。恥ずかしい姿を見られたくはないし、恥ずかしい声も聞かれたくはない。でも逃げ出せないから、歩はたまらず自分の両手で顔を覆う。

「歩のものはきれいなままだね。もしかして、まだちゃんと使ってない? でも、自慰くらいはするだろう? 気持ちいい感覚はわかるよね。ほら、もうこんなになってるよ。先っぽが濡れて滴ってる」

叔父はいちいち歩のそこの様子を口にする。やめてほしいのに、それを聞いているとなぜか心がうずうずとたまらなくなっていく。

「あっ、いやだ。駄目っ。叔父さん、離してっ」

初めての刺激に歩の股間が長く持つはずもなかった。

「もう辛抱できないの？　まぁ、初めてなら仕方ないか。じゃ、いってごらん。見ててあげるから」

「いやっ、いやだっ。見ないでっ、見ない……っ」

最後まで言うよりも早く歩の股間が弾《はじ》けた。ぶるっと体が震えたあと、もう頭の中が真っ白になっていくようだった。

「はぁ……っ、ああ……っ」

脱力とともに情けない声が漏れた。と同時に、ひどく惨めな気持ちが込み上げてきた。けれど、叔父はこのときも笑っていた。

「自分でやってなかったの？　ほら、こんなにたくさん出たよ」

そう言うと、叔父は自分の手を濡らしている歩の吐き出したものを開いて見せようとする。羞恥《しゅうち》のあまり顔を背けると、そばにあったバスタオルを取ってそれを拭ってから、歩の下腹に散ったものもきれいにしてくれる。生々しい行為をしながらも、叔父はどこかうっとりとした声色で言う。

「歩は可愛いね。俺にとっては大切なたった一人の甥っ子だ。姉さんたちのことでどうしても気持ちが塞いでしまうときは、俺がいつでも慰めてあげるからね」

こんなふうに慰めてもらっても、心の傷は癒えやしない。でも、叔父がにっこりと笑いながらキスをしてくると、歩は拒めないまま呆然とそれを受けとめる。

両親の死の悲しみに打ちひしがれていた心に、この夜から何か違うものが少しずつ忍び込んできた。それはひどく淫らで甘い何かで、歩はその何かからどうやって逃げたらいいのかわからなかった。

◆◆

携帯電話のアラームが鳴って、歩《あゆむ》は枕《まくら》の下に手を伸ばして目を閉じたまま止める。

朝はいつも余裕を持って起きるようにしている。バタバタしながら家を飛び出していくというのが嫌いだからだ。でも、今朝はすぐにベッドから出る気にはなれなかった。

少し気だるいのに妙にすっきりとした体が、昨夜の出来事をいやでも思い出させる。どうして叔父はあんな真似《まね》をしたのだろう。昨夜はあれからずっと悶々《もんもん》とした気持ちでなかなか眠れなかった。自分の身に起きたことを考えるたびに、羞恥《しゅうち》と混乱で叫びだしそうな衝動に駆られたからだ。

（わからない。どうしてなの……？）

叔父が少しばかり変わり者だということはわかっていた。けれど、良識も常識もある人で、大学で教鞭《きょうべん》をとるほどの知性もある。

叔父と甥《おい》の関係はどうあるべきなのかなんて、いまさらのように考えることはないと思っていた。けれど、昨夜の行為はあきらかに一線を越えていたと思うのだ。

両親を亡くして心が塞《ふさ》いでいるから、そんな歩を慰めたのだと叔父は言った。そして、これからも必要ならいつでもそうしてあげると言った。

それは叔父の本心なのだろうか。歩にはよくわからない。あるいは、昨日の午後に叔父の情事をのぞき見してしまったことに対する罰だったのかもしれない。そう思えば、いくらかでも筋が通る。

恥ずかしい罰を与えて、これ以上叔父のプライベートに首を突っ込むことのないようにと釘《くぎ》を刺したのだとしたら、もう充分に反省もしたし理解もしたつもりだ。

だから、もうあんなことはしないでほしい。そうでなければ、歩は怖いのだ。自分は叔父に対して抵抗というものを知らない。歩は叔父に対して他の誰とも違う特別な感情を持っていた。幼少の頃から可愛がってもらい、両親にさえ打ち明けていないような話も叔父とならばできた。

学校のクラスで歩に執拗《しつよう》に構ってくる苦手な男子生徒がいることや、好きでもない女の子からラブレターをもらって困ってしまったこと。他にも成長とともに起こる体の変化や、思春期独特の悩みなど、なぜか叔父には心を開いて話すことができた。

叔父もまた親族の他の誰とも違い、歩のことを早くから子ども扱いしなかった。嚙《か》み砕いた子ども向けの言葉を使ったり、大人になったらわかるなどというごまかしはしない人だったから、一人の人間として認められている気がして嬉《うれ》しかったのだ。

そして、あの十六の夏の日、別荘で過ごした時間は歩にとっては特別な思い出となった。あのとき歩は叔父との間で両親に言えない秘密をまた一つ作ったのだ。

（そう、あのときも僕は抵抗できなかった……）

歩は部屋のカーテン越しに差し込む朝の日差しを閉じた瞼《まぶた》の裏に感じながら、十六の夏の日のことを思い出していた。叔父の言っていたとおり、歩はあの旅行で初めてのキスを教えてもらったのだ。

あれは祖父母がシンガポールに移住したばかりで、両親は出張でアジア諸国を回るついでに彼らの様子を見にいったときのことだった。

志望大学に現役合格を目指していた歩は夏期講習に申し込みをし、一人日本に残って勉強に明け暮れていた。だが、講習が休みの日に、すでに大学で教鞭をとっていた叔父も休暇が取れたというので長野《ながの》の別荘に連れていってもらうことになったのだ。

歩が一生懸命勉強しているからそのご褒美だと言っていたが、本当は一緒に出かける予定だった恋人の都合が悪くなったので、代わりに歩を連れていくことにしたらしい。

ただし、あの当時は叔父の恋人は女性だと疑うこともなかったのだが、どんな理由であっても人好きな叔父と二人きりで小旅行というのは嬉しかった。正直なところ、両親と一緒に行くシンガポール旅行よりもワクワクしていたくらいだ。

別荘は祖父母が税金対策として所有しているもので、母親や叔父が子どもの頃はよく避暑に出かけていたという。今ではたまに叔父が出かけ、数日こもって翻訳の仕事をしたりするくらいだった。

近くには湖や森があり、車で十五分ばかり走れば牧場やキャンプ場、スポーツなどを楽しめる施設が点在している。また、冬にはスキーやスノーボードができる場所なので、それなりに退屈しないで過ごすことができる。

とはいっても、十六の甥っ子とでは叔父もつまらないだろうと申し訳なく思っていたが、別荘では案外楽しく過ごすことができた。一緒に釣りをしたり、散歩をしたり、牧場や畑に買い出しに出かけて料理を作ったり、持っていったＤＶＤを観ながら夜更かししたりした。

そのとき、叔父が飲んでいるワインを少しだけ味見させてもらったりもして、二泊三日の旅はあっという間に過ぎていった。

そんな楽しかった別荘での時間だが、あれはけっしてワインを飲んでの悪ふざけなんかではなかったと知っている。たまたま観ていたＤＶＤが恋愛絡みのサスペンスで、十六歳が観るには少しばかり過激なシーンもあった。

そういうシーンをドキドキしながら観ていると、叔父が何気なく歩に好きな子はいないのかと訊《き》いてきたのだ。歩は自分が晩生《おくて》なのもわかっていたし、男子校ではそんな出会いはないと半分開き直って言ったのだ。

本当は通学路の途中で、近くの女子高の生徒からラブレターのようなものをもらうこともあった。けれど、そういう手紙を読んでも心を動かされることはあまりなかった。

それより、志望大学に現役で合格したくて勉強に必死だったから、恋愛は大学に入ってからでいいという気持ちもあったのだ。

すると、叔父はちょっとからかうように言ったのだ。

『そうか。じゃ、歩はキスもまだなんだ』

叔父に見栄《みえ》を張っても仕方がない。歩は恥ずかしい思いで頰《ほお》を赤くしながら頷《うなず》いたのを覚えている。そして、叔父はそんな歩に初めてのキスを教えてくれた。

最初は唇と唇がそっと触れるだけのものだったが、歩がそれをうっとりと受けとめると、叔父はおもしろそうに笑って少しだけ口を開くように言ったのだ。言われるままに口を開いたら、叔父の舌が入ってきた。ものすごく驚いたけれど、あのときも叔父のコロンの香りが歩の気持ちをとろけさせていた。

すごく不思議な感触とともに、何かいけないことをしている気分があって、さっきの映画の過激なシーンよりもよっぽどドキドキしていた。

そうやって初めてのキスを教えたあと、叔父は「これは二人だけの秘密だ」と歩の耳元で囁《ささや》いたのだ。今から約二年前のことだ。けれど、あのときは今よりもずっと子どもだったのだと思う。歩は叔父と二人でちょっとした悪戯《いたずら》をしたくらいの気分でいて、その秘密は本当に誰にも打ち明けることはなかった。

けれど、昨夜のあれは違う。もう悪戯ではない。そもそも叔父と甥っ子がやっていいことではないはずだ。そして、大学生になった歩ももうあのときとは違う。

今でも女性との経験はないが、昨日の午後に見た叔父と恋人の情事によって歩は男同士の関係について知ってしまった。同性であっても肉体関係を持つことができる。頭ではぼんやりと理解していたことが、現実として目の前に突きつけられ、自分の身近にそういうことがあると認めざるを得なかった。つまり、叔父が同性愛者であるということだ。

それを知ったうえで思い出す叔父の昨夜のあの表情と口調。歩の体を愛撫《あいぶ》した手と唇は確実に悪ふざけの一線を越えていた。だったら、自分はどうしたらいいのだろう。叔父はいったい何を考えていて、これからどうするつもりなのだろう。

いっそ全部腹を割って話したほうがいいのだろうか。歩は叔父の性的指向について特に偏見はないし、嫌悪を感じることもない。どうしてなのかと言われれば自分でもよくわからないが、叔父という人間の魅力はそういうものだと心のどこかで思っているのかもしれない。

変わり者だけれど型にはまらないユニークな感性があって、束縛されることを嫌う彼は自由に生きている姿が似合っている。それに、四十になってもあれほどきれいなのだから、同性から愛されていてもまるで不思議に感じることはないのだ。

歩がそう思っていることを伝えれば、叔父もこれからは気兼ねなく恋人を家に呼べるだろう。そして、叔父の部屋で彼らがどんな時間を過ごそうと、自分への気遣いは必要ないと言えるくらいには大人になったつもりだ。

歩としては、できればこの家を出たくない。どこかに部屋を借りて一人暮らしをすることもできないではないが、今の自分の精神状態でそれをするのは少し怖かった。

大学へは毎朝のように自分をどうにか奮い立たせて通っている。でも、彼女どころか友人の一人もできないでいる。それはすべて自分の心が外に向かっていないからだ。こんな状態で一人暮らしをしても、ちょっとしたきっかけで心が挫《くじ》けたら、そのまま引きこもりになってしまいそうで不安なのだ。

だからといって、北海道《ほっかいどう》の父方の祖父母やシンガポールの母方の祖父母のところへ行けば、せっかく入った大学に通えなくなってしまう。

(やっぱり、きちんと話そう……)

それしかないと思い、歩はようやくベッドから起き上がった。カーテンを開けると初夏の日差しが部屋に差し込んでくる。その明るさがなんだか今朝はいつもよりも眩《まぶ》しく感じる。

自分に後ろめたいものがあるとき、人は太陽の光を避けたくなったり疎ましく感じたりするものだ。今の歩はまさにそんな気分で、全開にしたカーテンを少しだけ元に戻すのだった。

いささか気まずい気分のまま階下に下りて行くと、叔父はすでに朝食を終えて出かける準備をしていた。考えたら今日は叔父が一時間目の講義を持っている日で、早くに出かける曜日だった。

「コーヒーはまだポットに残っているから。それと、クロワッサンは食べちゃったから、バターロールかトーストにしてくれる。フルーツは食べごろのものを冷蔵庫に入れておいたから」

叔父は慌ただしくそう言うと、リビングのソファにかけてあったジャケットとネクタイを持って玄関に向かう。だが、すぐに立ち止まって振り返る。

「あっ、それから、大切なことを言い忘れてた」

もしかして、昨夜のことで叔父のほうから何か言うのだろうかと歩が身構えていると、彼はいつもと変わらない優しい笑みとともに言った。

「悪いけど、時間があったら庭に水だけ撒《ま》いておいてくれる？　この季節になると、すぐに地面が乾いちゃって、せっかく咲いた花が枯れちゃうからね」

「う、うん、わかった。あの、それから、叔父さん……」

庭の水撒きのことを言われて少々拍子抜けした歩が、今夜にでも時間を作ってほしいと言いかけたとき、叔父は自分の腕時計を見て慌てて玄関に走っていく。

それを追いかけていく歩に、今日は学部の月例教授会があって、自分も参加しなければならないからいつもより早く出なければならないのを忘れていたと苦笑を漏らしている。

そういう理由で急いでいる叔父に面倒な話は切り出せなくて、歩はただ玄関先で「気をつけて」とだけ言って送り出すしかなかった。

一夜明けてみれば、叔父はあまりにもいつもどおりだ。もしかして、あれは精神状態が不安定な自分の淫《みだ》らな妄想で、本当は何もなかったのではないかと一瞬錯覚に陥るほどだった。

だが、この体に残る感触を覚えている。玄関先で立ち尽くしたまま自分の腕で自分の体に触れた歩は、はっきりと昨夜の叔父の手の愛撫を思い出し、ブルッと身を震わせた。

その日の朝は一人で朝食を摂《と》り、言われたとおり庭の水撒きをしてから大学に行った。早めに家を出たのはあのままあれこれ考えていると、頭の中がいよいよ混乱してしまいそうだったから。

講義まで三十分ほどあったし、喉《のど》も渇いていた歩はカフェテリアにいて時間を潰《つぶ》しながら本を読んでいた。とはいっても、字面ばかり追っているだけで内容はまったく頭に入ってこない。

今は両親のことばかりでなく、叔父のことまでが歩の心に大きな波紋を投げかけていた。そして、その日もう何度目かわからない溜息《ためいき》を漏らしたときだった。歩の背後からいきなり誰かの叫び声が聞こえてきた。

「うあーっ、しまったっ」

まだ早い時間でカフェに人が少なかったせいもあってその声はよく響き、歩も思わず読んでいた本から顔を上げて振り返った。

見ると、自動販売機の前でミルクティーを片手になぜか顔を曇らせている学生がいる。長身で何かスポーツでもやっているのか、なかなかがっしりとした体型をしている。その彼は寝癖で少し乱れた短めの黒髪を気にするように、取り出したばかりの缶を持っていないほうの片手で何度も頭を撫《な》でている。

太い眉と少し目尻《めじり》の下がった人のよさそうな顔はどこかで見た気がするので、おそらく自分と同じ二時間目からの講義を受けている学生なんだろうと思った。

大学生活が始まって一ヶ月が過ぎるというのに、未だに同じ学科の学生の顔さえきちんと覚えていない。自分自身がこんな態度だから、自然と周囲でも歩を遠巻きにしてしまうのだろう。反省はしているが、だからといって今はまだ心が人とのコミュニケーションに積極的にはなれないのだ。

ミルクティーの缶を持ったその学生は、歩の視線に気づくとちょっと照れ笑いのような表情になった。大声を出して見られているのを気恥ずかしく思っているのだろう。あまりじっと見ていても悪いので、歩はすぐに視線を本に戻した。

すると、しばらくしてなぜか自分の本の前にミルクティーの缶が置かれた。ハッとして顔を上げると、そこにはつい今しがた自動販売機の前で照れ笑いをしていた学生が立っていた。

「あのさ、ミルクティーとか飲む?」

いきなりの問いかけに意味がわからず、歩はぽかんとしたまま首を傾《かし》げる。すると、彼は手に握っているジンジャーエールを軽く振って見せながら言った。

「自販機でボタンを押し間違えちまったんだ。俺、ミルクの入っている飲み物は駄目だから、もしよかったら飲まないかなと思ってさ」

さっきの叫び声はそういうことだったらしい。そして、買ったミルクティーを持て余して、そばにいた歩に譲ろうと思いついたらしい。百数十円とはいえ無駄にしたのは気の毒だと思ったし、歩はミルクティーが嫌いではない。

「じゃ、僕、それを買いますよ。ちょうど何か飲みたかったし」

カフェテリアに入ったときに買ったコーヒーはもう飲み終わっていたし、講義の時間までまだ二十分ほどあるから、缶のミルクティーを一本飲んでもいいと思ったのだ。

歩がデイパックから財布を出そうとすると、目の前の学生は慌てて手を横に振る。

「金はいいよ。間違えたやつだからさ。それより、俺ら同じ講義を受けてるよな? 基礎情報処理と英語」

今日の二時間目は基礎情報処理の講義で、三時間目は英語だ。情報処理は一学年の総合教育科目の一つで、語学のほうは必須《ひっす》科目だ。なので、他の学科を専攻している学生とも一緒に講義を受けることになる。言われてみれば、彼のことはその二つの講義で見かけていることをぼんやり思い出した。

歩が曖昧《あいまい》に頷くと、彼はにっこりと笑って向かい側の椅子《いす》に腰かける。もしかして、このまま歩の前に座っているつもりだろうか。ミルクティーは有難くもらっておくとしても、彼とこれ以上話すことはないし、読書の続きがしたかった。というより、一人で考え事の続きがしたかった。

ただ、その人懐っこい笑顔は警戒心を抱かせないものがあって、近頃とみに他人と会話するのが億劫《おっくう》な歩にしても無視をするのは憚《はばか》られた。

「あのさ、前から声をかけようかなって思ってたんだけど、講義が終わるとすぐいなくなるからいつもタイミングを逃しちゃっててさ」

「サークルか何かの勧誘ですか？　僕、今のところなんのサークルに入るつもりもないんですけど……」

しつこい勧誘は苦手なので先にそう釘を刺しておこうと思ったのだが、彼は「違う、違う」とまた手を横に振る。

「えっと、俺のこと覚えてないかなぁ？」

「だから、同じ講義を受けている……」

「そうじゃなくて、入学式のときのこと」

そう言われて、歩が少し考える。これまでの人生で一番晴れがましいシーンになるはずが、両親の死によってそれは悲しい入学式になってしまった。歩にとってあの日はあまり思い出して楽しい日ではない。

歩がちょっと難しい顔になっていると、彼のほうからあっさりとその答えを教えてくれた。

「俺、声かけただろ。ほら、女の子と間違えてさ」

「あっ、あのときの……」

確かに、入学式にはそんなことがあった。背後から「ねぇ、彼女」と軽い調子の声がしていたが、もちろん歩は自分ではなく、近くにいる女性のことを呼んでいるのだと思ってそのまま歩いていこうとした。すると、彼が前に回り込んできて、歩の肩に手を置いて笑いかけてきた。

驚いた歩だが、そのときは彼のほうがもっと驚いた顔をしていた。どうやら知り合いの女性だと思って呼び止めたら人違いだと気づき、途端に申し訳なさそうな顔になった。

「あのときは、後ろ姿を見ててっきり女の子だと思ったんだ。そっくりなパンツスーツを着ていた子とたまたま隣同士で合格を確認し合って、一緒にお茶でもして帰ろうって話がまとまっていたからさ」

その彼女が、近くにいる友人も連れてくるというので待っていたところ、歩の後ろ姿を見て人ごみで迷っているのかと思い声をかけたのだという。

「ああ、それで……」

それにしても、合格発表で偶然知り合った女の子とすぐにお茶に行くなんて、ずいぶんと気さくというか軽いというか、とにかく物怖じというものを知らない性格らしい。

今もこうしてよくも知りもしない歩の前に座って笑顔で話しかけてくるのだから、根っから社交的な人間なのだろう。

「あのときは悪かったな。てっきり女の子だと思ってて、驚くばっかりでちゃんと謝ってなかった」

「べつに気にしてないから。間違われたのは初めてじゃないし」

なんの自慢にもならないが、誰の目にもそう映っているのだから見栄を張っても仕方がない。だから、彼にもそんなに恐縮してもらう必要はない。

「そうなんだ。っていうか、それ、なんの本読んでんだ？　おもしろい？」

突然話題が変わって、歩の本を指差す。どうやら彼はまだ会話を続けるつもりらしい。内向的な性格というのは自分から声をかけるのも苦手だが、はっきりと相手に自分の意思を伝えるのも苦手なのだ。だから、ズルズルと彼との会話に引き込まれてしまう。

読んでいたのは「東ローマ帝国の攻防」というタイトルの本で、叔父の書斎にあったものを借りてきて先週から読みはじめたところだ。とても興味深い内容なのに、昨日からずっと他のことが頭の中を占めていて、何度も同じページを読みながら全然内容が頭に入ってこなかった。

それでもおもしろいかと聞かれたので、歩は答える代わりに少し頬を緩めて頷いてみせた。

今の自分にはこれが精一杯だ。

「堅い本、読むんだな。このへんの歴史とか興味あるんだ」

「東洋史専攻だから」

「俺は社会学部の人間関係学専攻。将来はジャーナリスト志望だ」

訊いてもいないのに、ジンジャーエールの缶を開けて飲みながら教えてくれる。

「あのさ、サークルに入らないって言ってたけど、何かバイトとかやってるのか？」

「バイトは今のところしていないけど……」

そのうち、大学生活に慣れてきたら自分の小遣いくらいバイトでまかないたいと思っている。だが、それはまだ叔父にも話していないことで、今日初めて会話した彼に告げるつもりもない。

「そうか。じゃ、やっぱり実家通い？」

「実家というか、まぁ、叔父の家なんだけど……」

そのへんの事情は両親のことも絡んでくるので、説明しにくいところだった。

「バイトしてないっていうと、やっぱり実家だよな。そうか、いいバイト情報がないか訊こうと思ったんだけどな」

いかにも残念そうに言う彼は一人暮らしということだろうか。地方から出てきて都内で一人暮らしをする場合、親の仕送りがあったとしてもほとんどの学生がバイトをしていることは知っている。歩は両親を亡くしたものの、経済的に不安がないという点では恵まれているのだと自覚していた。

「あいにくだけど、バイトのことでも力になれそうにないよ。ごめんね」

「いや、こっちこそ不躾《ぶしつけ》だった。悪いな。でも、講義の時間がとっ散らかってるんで、まとまった時間のバイトは難しいし、同じ講義を取っている奴ならどうしてるかなって思ってさ」

確かに、一学年のうちはカリキュラムの構成があまり合理的とは言えない。教授の都合もあるだろうし、どうしても上の学年のほうが優遇されるのは仕方がない。そうなると、定期的に入るコンビニや飲食店のようなバイトは難しいのだろう。

「やっぱり、登録制のバイトしかないかな。金がいいのは家庭教師だけど、タイプじゃないしなぁ」

彼は歩の前でテーブルに頬杖《ほおづえ》をついて悩んでいる。通りがかった人は二人が気の合う友人同士で、互いの悩みを相談し合っているように見えるだろうか。実際はそうではないが、歩はそういう当たり前の日常から遠ざかっていたせいで、親しくもない彼とこうして向き合っているのがなんだか面映《おもはゆ》い気分だった。

「あ、あの、いいバイトが見つかるといいね。僕もそのうち何かしようと思っているけど、なんだか難しそうだな」

考え込んでいる彼を励まそうと思ったのだが、上からものを言っているように思われると困るので、つい言うつもりもなかった自分のことも口にしてしまった。

「実家通いでも、やっぱりする？」

「小遣いくらいは自分でどうにかしたいと思っているけど……」

「そうか。だったら、一緒に探すか？　慣れないバイトでも知っている奴がいたら気が楽だろうし」

まるでいいことを思いついたというように身を乗り出してきたので、歩はちょっと困ったように笑って小さく首を横に振った。残念ながら、今の歩にはそういう心のゆとりがない。

「ごめんね。でも、まだ学業のほうが慣れていないし、いろいろと家庭の事情もあって……」

歩が適当に断る理由を口にしているときだった。カフェテリアに入ってきた数人の学生が、こちらを見て声をかけてきた。

「おい、ユータ。なんで今日は講義の始業ギリギリじゃないんだ？　カフェで茶飲んで、余裕じゃん」

彼らのうちの一人が言うと、歩の前に座っていた学生が振り返って怒鳴り返す。

「うるさいよ。目覚ましの設定間違えて、うっかり早起きしたんだよっ」

「バカだなぁ。まぁ、なんでもいいけど、次の午前の講義が終わったら、昼休みはいつもの場所で集まるぞ。それから、昨日貸したノートさっさと返せよな」

「あっ、そうだった。あれ、まだコピー取ってなかった。ヤバい……っ」

同じ新入生なのに彼らはもうすっかりキャンパスに溶け込み、仲間と楽しく時間を過ごしているようだ。歩だけはまだ自分の殻に閉じこもったまま、そんな彼らをまるで違う世界の人間を見るように遠目で眺めている。

やがて、歩の前で話していた彼も席を立ち、本来自分のいるべき場所に戻っていこうとしている。彼が立ち去り際に、歩が思い出したように声をかけた。

「あの、ミルクティー、ありがとう」

彼が振り返ってもう一度テーブルの前まで戻ってくると、いきなり手を差し出してきた。握手を求められているのだとわかってちょっと戸惑ったが、歩も手を出した。

「俺、高橋悠太《たかはしゆうた》。ちなみに、一浪してるから十九歳なんだ。で、さっきのバイトの件だけど、その気になったら一緒に探そうな。それから、名前教えてもらっていい？」

「僕は堀口《ほりぐち》です。堀口歩。よろしく……」

歩がたずねられるままに答えると、彼は満面の笑みで頷いた。

「堀口か。じゃ、よろしく。今度一緒に昼飯喰《く》おうな」

握手した手で歩の肩をぽんぽんと叩《たた》くと、彼は小走りで去っていった。いきなり声をかけられ、ミルクティーをもらい、バイト探しに誘われ、自己紹介をし合い最後には肩を叩かれ昼食の口約束までしていった。

なんだか慌ただしい男だったが、それでも図々しさを感じさせないのは人のよさそうな表情と、独特の笑顔のせいかもしれない。

彼が去っていってからもしばらく呆然《ぼうぜん》と宙を見つめていた歩だが、ハッと気がつくと間もなく講義が始まる時間だった。慌てて席を立ち、さっきもらった缶のミルクティーをデイパックに入れる。

大学に入ってから初めて、必要なこと以外で誰かと会話らしい会話をしたかもしれない。これが歩にとって閉じこもっていた殻から抜け出す一歩になればいいのだが、そんなふうにうまくいくわけもないと思い小さく溜息を漏らすのだった。

◆◆

今日は大学で小さな変化があった。

まだ友達ではないけれど、同じ講義を受けている学生から声をかけられた。たったそれだけのことでも、今の歩には充分に普段とは違う出来事だった。

帰宅した叔父がいつものように大学の様子をたずねてきたら、ぜひ話して聞かせたいことだった。だが、その日は叔父の帰りは遅く、夕食は一人で食べるようにとメールが入っていた。

ちょっとがっかりしたけれど、ちょっとだけホッとしていた。

大学であったことを話すのは楽しみでも、昨夜のことについて話し合うのはまだ気が重い。今朝はそうするしかないと気負って階下に下りたけれど、タイミングを逸したことでまたあれこれと頭の中で考えるようになってしまった。

とにかく、週末になれば二人とも休みになるし、あらためて話をする時間も作れるだろう。今夜は遅くなるかもしれないということだから、食事を済ませたあとはさっさとシャワーを浴びてしまった。

叔父もだが歩もあまりテレビを観ることはない。DVDを観るモニターの役割がメインで、テレビは何か気になる特別番組があれば録画しておいて時間のあるときに観るのが常だ。

その夜も、歩は部屋で英語のエッセイを書いていたが、提出期限はまだ先だし与えられた文字数も多くはなく、英語が不得意ではない歩には簡単な課題だった。エッセイの大筋だけを書いて、仕上げは提出前にすることにしてノートパソコンをスリープさせる。

そして、ベッドに寝転がって、例の東ローマ帝国の本の続きを読む。文字を追っているうちに、昼間の高橋という学生のことを思い出していた。

妙に堂々としていたのは、一つ年上だからということもあるだろう。けれど、きっとああいうタイプはどこにいても、誰に対しても物怖じをするということがないのだ。あんなふうに気軽に知らない誰かに話しかけるなんて、歩にはきっと無理だ。

（でも、知らないわけじゃなかったのか……）

同じクラスで顔を合わせていたようだし、彼とは入学式のときにも言葉を交わしていた。言葉を交わすというほどおおげさなものではないが、少なくとも面識はあった。ただ、歩はすっかり忘れていたが、彼のほうは歩のことを覚えていた。それは、男のくせに女みたいな容貌が珍しかったからかもしれない。

彼の友人たちがカフェテリアで声をかけてきていたが、同じ高校から進学したのだろうか。それとも、塾で知り合った仲間とかだろうか。入学してまだ一ヶ月ほどなのに、とても打ち解けた感じだった。

自分もそのうちあんなふうに声をかけ合う友人ができればいいと思う。そういえば、高橋は今度一緒に昼食を食べようと言っていた。きっとあんな言葉は単なる社交辞令だ。今度会ったら忘れているに違いない。

でも、もし一緒に昼食を摂るとしたら、どんな話をすればいいのだろう。バイトが決まっているかどうかたずねたら、少しは会話が続くだろうか。そんなことを考えているうちに、歩は読みかけの本を開いたまま胸にのせて目を閉じる。

「馬鹿みたい……」

思わず声に出して呟《つぶや》いた。一緒に昼食を摂るともかぎらないのに、今から話す内容なんか心配しても仕方がない。それでも、今日は少しだけ大学にいて楽しいと思えた気がする。

もらった缶のミルクティーは、結局飲まずに持って帰ってきて冷蔵庫に入れてある。明日、大学へ行くときに持っていこう。そう思っているうちに、なんだか眠くなってきた。眠るならちゃんとベッドに入らないと風邪をひいてしまう。わかっていても、なんだか体が重くてどうしようもない。

（少しだけ、少し眠ったら、すぐに起きるから……）

自分に言い聞かせながら歩は静かに眠りに落ちた。しばらくするとどこからともなく声がした。

『ほら、歩、駄目じゃないの。眠るならちゃんと布団に入りなさい。風邪をひいても知らないわよ』

やっぱり叱《しか》られてしまった。ベッドやソファで本を読みながら転寝《うたたね》するのは、歩の子どもの頃からの癖で大人になっても直らない。そんな歩の姿を見つけると、母親はきまって小言を言いながら肩を揺すって起こしてくれる。

このときのまどろみが好きだ。小言を言いながらも優しい母親の声色が妙に心地いい。そして、どうしても起きないときは、そっとブランケットをかけていってくれる。

今夜もこのまま眠っていようか。そう思っていると、ふんわりと温かい手が歩の前髪をかき上げるのがわかった。

熱がないか確かめているのだろうか。もしかして、転寝をした自分は本当に風邪をひいて、熱を出したのかもしれない。でも、何かが奇妙だった。

額をそっと撫でていたその手は、頬に触れたかと思うとなぜか首筋を撫でていく。

(ああ、お医者様かな……)

熱を出して医者に行くと扁桃腺《へんとうせん》が腫《は》れていないかと喉のあたりを触診された。病院にきた覚えはないけれど、なんとなくその手が温かいので歩はじっとしたまま触れられるにまかせていた。

大丈夫だ。きっと熱はないと言われて、苦い薬も出されないはず。オレンジ色のシロップ薬は変な甘味料のような味がして嫌いだ。でも、大人用は粉薬なので口の中いっぱいに広がって咳《せ》き込んでしまう。できればどちらも飲みたくない。いつしか歩は子どもに戻っていて、そんなことを考えていた。

だが、医者の手は喉ばかりではなく、胸やお腹にも触れていく。心臓の音を聞いているのかもしれない。お腹は痛くないけれど、脇腹《わきばら》を押したり撫でたりしている。

『歩、大丈夫だからね……』

耳元で聞こえる優しい声は母親だろうか。きっと一緒に診察室に入っていて、不安そうにしている息子に言い聞かせているのだろう。母親は歩が病気になるたびに、自分のほうが倒れそうになるほど心配して夜も眠らずに看病してくれた。

ベッドに横たわる歩のそばにずっとついていて、熱で体の節々がきしんで痛がると腕やら足やらを温かい手で撫でてくれるのだ。今も足に温かい手の感触がある。きっと母親がいつものように撫でてくれているのだろう。

もちろん、これだって何かが奇妙だと自分でもわかっている。第一、自分はすでに大学生になっているはずで、子どもではない。それに、母親がそばにいることもおかしい。けれど、その理由を思い出すと悲しくなると知っているから、そのことは考えないようにしている。

（ああ、そうか。これは夢なんだ……）

夢の中で夢を見ていると気がついた。でも、目を覚ましたくはない。今は心地がいいからそれでいい。今しばらくはこの優しい感覚に包まれて、幸せな気分を味わっていたいだけ。

足先から少しずつ撫でてくれていた手が、ゆっくりと膝《ひざ》や太腿《ふともも》に触れていく。完全に弛緩した体を優しい手にあずけていると、股間《こかん》に何かが当たる感触があってビクリと体が震える。

（え……っ？）

当たっただけだと思ったそれは、はっきりとした意思を持って歩の性器を握ったのだ。小学校に入った頃から母親にそんなところを触れられたことはない。途端にこの手は母親じゃないとはっきりと意識した。

やんわりとつかんでいると思ったら、何か濡《ぬ》れた感触に包まれる。思わず歩が呻《うめ》き声を上げた。さっきまでの労《いた》わるような優しさとは違う。それはひどく淫らな気持ちをかき立てるもので、愛撫としか言えない触れ方だ。

いや、手でさえないと思った。温かく濡れたものに包まれて、何かうねうねと怪しげな動きをする何かが歩の性器を舐《な》め上げている感覚だった。

(えっ、な、舐めているの……?)

そう思った途端、自分のそこが誰かの口に含まれていると認識してたまらず喘《あえ》ぐ。まさかと思いながらも体も頭も鉛のように重くて、目を開き体を起こしてそれを確認することができない。それればかりか、さっきまで優しく太腿を撫でていた手が、今は歩の腰を押さえて動けないようにしているのがわかる。

どうしてだろう、誰だろう、自分の体はどうなっているのだろう。頭の中で必死に考えているけれど、答えが思い浮かびそうで浮かばない。

(いや、それも違う……)

自分はきっと知っている。でも、考えたくないのだ。その答えを思い出したら、とても恐ろしいことになるから。きっと何も知らないほうがいいと自分に言い聞かせながら、歩は身を捩《よじ》る。

思い悩んでいることはある。けれど、夢の中までそれは追ってこないはず。だから、これはそうじゃない。きっと違う。そう信じ込もうとすればするほど、不安が高波のように押し寄せてくる。だが、次の瞬間、不安だけではなくなった。

それははっきりとした快感となって歩を高みに突き上げたかと思うと、その後体は一気に暗《くら》闇《やみ》へと落とされていき、やがて何もわからなくなった……。

深く重い闇の中から意識が引き戻されたのは、窓から差し込む朝日の眩しさのせいだった。

（ああ、そうだ。昨日の夜、きちんとカーテンを閉めてなかったっけ……）

叔父が帰宅したら話をしようと思っていたから、カーテンを少し開いておいて彼の帰宅を自室の窓から確かめられるようにしておいたのだ。

そして、ベッドで本を読みはじめたけれど、いつしか転寝してしまったはずだ。そこまで思い出した歩だったが、次の瞬間ハッとして体を起こした。

ベッドカバーの上で眠っていたはずの歩だが、なぜか体には薄いブランケットがかけられていた。それだけではない。歩が慌てたのはそのブランケットをめくって自分の股間を見たからだ。

本当は見るまでもなく、感触でわかっていた。股間にあるベタベタとした不快感は夢精をしたせいだ。これまでもなかったわけではない。けれど、なぜこういうタイミングでと思うと、ベッドの上で立てた膝に両手で覆った顔を埋めてしまった。

昨夜は転寝のつもりがそのまま眠り込んでしまったのだろう。奇妙な夢をいくつも見ていたはずだ。思い出せることもはっきりしないこともある。ただ、ひどく淫らな夢を見ていたことだけは覚えている。そして、今朝になって夢精してしまった股間を見て少しだけ不安になった。

あれは本当に夢だったのだろうか。知らない間にかけられていたブランケットを握り締めて、歩は小さく体を震わせた。叔父がかけてくれたに違いない。彼は昨夜、歩が眠ってからこの部屋にやってきたのだ。

考えれば考えるほど歩の気持ちは混乱していく。だが、このままこうしているわけにもいかなかった。大学に行かなければならないし、こんな汚れたままの格好でいつまでもベッドにいられない。

恐ろしい痕跡《こんせき》を消そうとするかのように、歩はベッドから下りると着替えを持ってバスルームに飛び込んだ。熱めのシャワーを浴びて汚れた部屋着はかき集めた他の洗濯物と一緒に洗濯機に入れ、乾燥までセットしておいた。

身支度を整えて階下に行くと、昨夜は帰宅が遅かった叔父はまだ起きてきてはいなかった。歩はコーヒーメーカーをセットして、その間にトーストを焼く。冷蔵庫からミルクやバターを出していると、まだパジャマにガウン姿の叔父がリビングに入ってきた。

「おはよう。コーヒーできてるかな?」

少し眠そうな叔父が玄関から取ってきた新聞を片手にたずねる。ギクッとした歩だが、引きつった笑みを浮かべて頷いた。

ちょうどトーストも焼けて、ダイニングテーブルでいつものようにコーヒーとトーストの箇単な食事を摂る。叔父は冷蔵庫からヨーグルトを出してきて、シリアルと一緒に器に盛ってから歩の前に座った。

　そして、新聞を読むためにメガネをかける。叔父は軽い乱視が入っているので、新聞のような細かい字を見るときや学生のレポートを読むときなどはそれ用のメガネをかける。若い頃から少しずつデザインを変えているが、この数年愛用している細い鼈甲《べっこう》のフレームは特注で作ってもらっているものらしい。

　いつもと変わらない叔父だった。そんな叔父にどうやって話を切り出そうかと、歩ばかりが落ち着かずにいる。もちろん、昨日の夜のことについて訊きたいことはある。けれど、一昨夜のことも心に引っかかったままだ。

（あれは夢だ、きっとそうだから……）

　そう自分に言い聞かせながらも、叔父が自分にブランケットをかけてくれたことは間違いないのだ。

「あ、あの、叔父さん、昨日の夜は遅かったの？」

「二時くらいかな。久しぶりに会った知り合いなんだけど、なんだか話が弾んでしまって、結局はタクシーで帰ってくることになったよ」

「待っていたかったんだけど、本を読んでいたら転寝してしまって……」

「そうみたいだね。部屋をノックしたら返事がないし、悪いと思ったけれどちょっとのぞいたら眠っているから、ブランケットだけかけておいたよ。まだ明け方は冷える日もあるからね」

「うん、ありがとう。朝起きたら、かけた覚えのないブランケットがあって驚いた」

「疲れていたみたいだね。もしかして、大学の課題が大変なの？」

そんなことはないと首を横に振ってから、歩はトーストを皿に置いて叔父のほうを見る。叔父も新聞から視線を外して歩を見た。このタイミングしかないと思い、歩は一昨日の夜のことについて話そうとした。ところが、叔父はにっこりと笑ってまた新聞に視線を戻してしまう。

「あっ、あの……」

「そうだ。ゴールデンウィークの予定だけど、歩のほうはどうなっているの？」

「えっ？　あっ、特に何も……」

高校時代と違い、友達と遊ぶ計画など何もなかった。両方の祖父母から遊びにくるように言われてはいるものの、あまり遠出をする気分でもない。

「だったら、久しぶりに長野《ながの》の別荘にでも行く？　俺も後半なら休みが取れるし、少しは気晴らしになるんじゃないかと思ってね」

長野の別荘と聞いてドキッとした。一昨日のようなことがあったばかりで、また別荘と言われるとつい身構えてしまう。だが、叔父は心配そうに歩を見ると、新聞を置いて言う。

「あっという間に三ヶ月だな。でも、お互いできるだけ切り替えていかないとね。生きている者には日々の生活がある。特に歩はまだ若い。人生で一番楽しいときだ。沈んだ気持ちで無駄にしてほしくはないからさ」

「叔父さん……」

そんな言葉に嘘はなく、どうにかして歩を励まそうとしてくれているのがわかる。そういう叔父の態度を見ていると、自分のさまざまな戸惑いが単なる疑心暗鬼でしかないのだと思えてくる。

（やっぱり、あれは自分が叔父のプライベートをのぞき見してしまったことへの戒めだったんだ……）

時間が経つほどに、だんだんと自分が意識しすぎているだけで、叔父は何も変わっていないような気がしてきた。昨夜の夢もすべて落ち着かない心が見させたものだとしたら、それも納得がいく。

叔父のプライベートや恋愛関係について、晩生な歩にとっては刺激が強すぎただけのことなのだ。奔放な大人ならそれほど驚くことでもない。

それに、プライベートに関しては干渉しないというのが二人で決めたルールなのだから、歩もこれからはもっと厳密にルールを守るべきだと反省した。

「叔父さん、あの、この間はごめんなさい。でも、僕はもう子どもじゃないから、心配しないで」

はっきりと言葉にしたら互いが気まずくなるような気がして、歩はそんなふうに言った。叔父はとてもカンのいい人だから、きっとそれで歩の気持ちもすべて理解してくれるはず。

するとと、叔父はまた新聞から視線を外し、メガネを取るとちょっと考える素振りをしてみせる。歩が本当に反省して、二人の間の暗黙のルールを守るいい子になるのかどうか思案しているような様子だった。だが、やがてにっこりといつもの笑顔を浮かべると言う。

「そうだね。歩はもう子どもじゃない。あと二年もすれば、一緒に酒が飲めるようになる。楽しみだな」

叔父が笑顔で言った。そういえば、高校生のときに一緒に長野の別荘に行ったときに、少しだけワインを飲ませてもらった。赤ワインは口に含んだときはぶどうジュースのように甘く感じたけれど、そのあとには酸味が広がり、体と頬が熱くなって妙にふわふわしてきたのを覚えている。

叔父のようにワインが好きになれるかどうかわからないけれど、いつかは一緒に飲んで大人の会話も交わせるようになれればいいと思う。

「じゃ、ゴールデンウィークは一緒に長野ということでいいね？」

叔父が訊いたので、歩も笑顔で頷いた。少しだけぎくしゃくしてしまったけれど、二人で出かける思い出の別荘できっと関係も修復できるだろう。

「よかったよ。歩が友達とどこかへ行く計画でもあれば、邪魔しちゃ悪いかなとも思ったしね。ところで、その後大学ではどう？　誰か気の合う子でもいた？」

叔父は何気なく訊いたのかもしれないが、歩にしてみれば不甲斐《ふがい》ない自分がみっともない気がして答えにくい質問だった。でも、無理をして嘘を言っても仕方がない。今朝もまた小さく首を横に振れば、叔父も少し残念そうにしている。だが、そのとき歩の脳裏に高橋のことが浮かんだ。

「あっ、でも、ちょっとだけ……」

「ちょっとだけ、何？」

「ほら、入学式に女の子と間違えて声をかけられたって言ったでしょう。彼が学科は違うけれど同じ基礎科目と必須科目を取っていて、カフェテリアで少し話したんだ」

「へぇ、なんの話？　また女の子みたいだってからかわれたとか？」

叔父が茶化すので、歩が頬を緩めてそうじゃないと説明する。

「バイトを探しているから、一緒に探さないかって」

かなりはしょって言ったが、要するにたいしたことを話したわけではないということだ。それでも、大学に通いだしてから誰ともコミュニケーションを取っていなかった歩には充分に珍しい出来事だった。それが小さな一歩となって、以前のように普通に人間関係を構築できるようになればいいと思っていたし、叔父も喜んでくれると思っていた。

ところが、さっきまで笑顔だった叔父の表情が少し曇る。

「バイト？　バイトの必要なんかないだろう？　小遣いが足りないとか？　それとも、その彼と一緒にバイトをしたいとか思っているの？」

「あっ、いや、そういうわけじゃないけど。ただ、すごく気さくで話しやすそうだったから、仲良くなれたらいいかなとは思った」

バイトと聞いて、叔父は歩の小遣いが充分でないことを案じたのかもしれない。けれど、必要なものを買うお金はもらっているし、祖父母からも経済的な援助は学費を含めて充分すぎるほど受けている。

「それに、バイトはまだ無理かなって思うから……」

何かの拍子に沈み込んでしまう安定しない精神状態では、どんなバイトをしても続かないかもしれない。中途半端に辞めると先方に迷惑をかけてしまうし、今はまだ無理をしないほうがいいと思っている。

「とりあえず、ゴールデンウィークが終わるまではバイトのことは考えていないから」

「まぁ、いいけど。学業がおろそかになることのないようにね」

叔父の心配はそのことなのかと納得した。彼の講義を受けている学生でもバイトのほうに力が入っていて、単位を落とす者がいるのだろう。だが、歩はそんなつもりはない。

両親が生きていてもそうだったと思うが、今は祖父母が経済的な面倒をみてくれていて、生活全般は叔父の世話になっている。留年などしてこれ以上迷惑をかけるような真似はしたくないし、叔父をがっかりさせるような成績を取らないよう心がけているつもりだ。

歩がそのことを言うと、叔父はとりあえず安心したように頷く。奔放であったり変わり者であったりするかもしれないが、歩の保護者としての責任は感じてくれている。そして、今となっては歩のことを親身になって案じてくれる一番身近な人だ。

彼が大切に思ってくれるように、自分も叔父の期待に応《こた》えられるような大人になろうと思うのだった。

◆◆

学業のほうはともかく、人間関係については慣れることもないまま大学はゴールデンウィークに入っていた。今年は前半と後半が分かれる形なので、海外旅行に出る人が少なく、近場でレジャーを楽しむ傾向にあるとニュースで言っていた。

それでも、この数年で都内から地方へのアクセスは道路事情がずいぶんよくなり、ゴールデンウィークのピーク時とはいえ、それほどひどい渋滞に巻き込まれることなく長野の別荘に着いた。

「二年ぶりかな。一応中の掃除とユーティリティーのメンテナンスは管理会社に頼んでおいたけどね」

そう言いながら叔父が別荘の鍵《かぎ》を開けて中に入ると、掃除は行き届いているが少しこもった空気が気になった。まずは二人して窓を開けて回り、途中で買ってきた食料品を冷蔵庫に詰めて、自分たちのベッドメーキングをしてからようやく落ち着いて夕食の準備に取りかかった。

「父さんは売ってしまいたいらしいけど、こんなバブル時代の化石のような別荘を買う人なんていないだろうからな。まぁ、俺たちがたまにこうして使えばいいんじゃないかな」

叔父が言うように、祖父母は彼らがまだリタイアする前の好景気のときにこの別荘を買った。時代を反映するように水回りや作りつけの家具など過剰な設備が整った物件なので、時代を経ても充分に便利に利用できる。

広いキッチンで二人並んで野菜を切ったり、パスタを茹《ゆ》でたりしながら歩がたずねる。

「ねぇ、直人《なおと》叔父さん」

「なんだい?」

茹でているパスタの具合を確かめながら叔父が聞き返す。

「せっかくの休みなのに、僕と一緒でよかったの？　本当は恋人と一緒のほうが楽しかったんじゃないのかなって思って……」

もちろん、歩が言っているのはあのタカという男のことだ。せっかくのまとまった休日なのに、歩の気晴らしにつき合わせてしまい、恋人との時間が持てないのは申し訳ないと思ったのだ。

ここまできてそれに気づいても遅いのだが、歩がそのことを遠慮気味にたずねると叔父はいつもの笑顔でそんなことは気にしなくていいと言う。

「ここは子どもの頃から家族と過ごした場所だから、あまり他人を連れてきたいとは思わないよ。それより、今年は歩と一緒に楽しく過ごせればいいと思ってね」

そう言ってもらえたら、歩も安心してこの休暇を楽しめる。

叔父は久しぶりの別荘で何をして過ごそうかと思案している。歩は二年前のように釣りをしたり、散歩をしたり、一緒に料理を作ったりして過ごせればいいと思っていた。

その夜のメニューは、地元の農家で買ってきた野菜をふんだんに使ったパスタにした。同じく地元では人気のベーカリーで買ってきたフォカッチャも添えて、オリーブオイルとバルサミコは叔父が東京《とうきょう》から持ってきたものを使うと、本格的なイタリアンレストランの食事みたいになった。

凝ったものではなくてもいつもと違う場所で食べると気分も変わって、美味《おい》しく感じられるし食も進む。叔父はワインを飲んでいたが、歩はペットボトルのミネラルウォーターだ。ちょっとだけワインをねだったら、高校生のときは飲ませてくれたのに今は未成年だからと許してくれなかった。

本気ではないけれど歩が拗《す》ねてみせると、叔父は保護者としての立場があるからと苦笑してみせる。両親が生きている頃は、彼の立場はもっと気楽なものだったのかもしれない。いわゆる「ちょっと悪い叔父さん」を気取っていればよかったのだが、今となっては真剣に歩を守る立場だと自覚しているのだ。

「明日はやっぱり釣りかな。それから、牧場にミルクとチーズを買いにいこうか。乗馬もしたいなら、早めに行ったほうがいいだろうね」

牧場では馬に乗ることもできる。よく訓練された馬だから、素人でも問題はない。牧場の敷地内を二時間ほどインストラクターについてトラッキングするのは、この避暑地での優雅な楽しみ方の一つだ。二年前は馬が怖くて歩は叔父の後ろに一緒に乗せてもらったが、今年はぜひ一人で乗ってみたいと思っていた。

「二年前は、馬がギャロップしただけで悲鳴を上げてたんだよね」

叔父がからかうように言うので、歩はもう平気だからと強気で言いながらもちょっと心配だった。実は小さな虫も苦手だが、自分より大きな動物も怖いのだ。

でも、もし怖くて駄目なようならまた叔父の後ろに乗せてもらえばいい。叔父はフランスに留学していたとき、ちょくちょくパリ郊外の田園地帯に行って乗馬ばかりか狩りも楽しんでいたという。

若い頃から文学青年だった叔父だが、実は運動神経もけっして悪くはないのだ。歩は母親に似てあまりスポーツが得意ではないので、そういう点では叔父が羨《うらや》ましかった。

明日の約束をしてそれぞれシャワーを浴びると、今夜は早めにベッドに入ることにした。釣りは近くの渓流で川魚を釣るのだが、早朝のほうが釣れる。キャッチ&リリースでも、やっぱり釣れたほうが楽しい。

二泊三日の休暇だが、楽しいことが目白押しで寝坊なんかしていたら時間がもったいない。叔父はまだリビングで本を読みながらワインを飲んでいたが、歩はベッドに入ると今夜は本も読まずにさっさとベッドサイドのスタンドを消した。

眠りに落ちてからどのくらい時間が経ったのかわからない。慣れないベッドのせいか、寝返りを打った拍子に目を覚ました。

別荘の周囲は森に囲まれているため、深夜になるとなんの音もしない。都会の家なら何時になっても通りを走る車の音が遠くから聞こえてきたりするのだが、ここではまさに無音だった。また、カーテンを閉めた窓からうっすらと部屋の中を照らす街灯の明かりもなく、部屋は真の暗闇に沈んでいた。

歩が枕の横に置いてある携帯電話を手にして触れると、モニターが作動して手元を照らす。時刻は十二時を少し回ったところだった。

眠る前にはドアの隙間《すきま》から差し込んでいたリビングの明かりも消えているので、叔父もすでに眠っているのだろう。歩ももう一度眠りに戻ろうと思い携帯電話を伏せようとしたときだった。消える前のモニターの明かりで、ほんの一瞬ベッドの横に何か白い固まりがぼんやりと浮かんでいるのが見えた気がした。

(え……っ？　な、何……っ？)

幽霊やお化けを信じているわけではないし、そういうものを怖がるような歳《とし》でもない。ただ、奇妙に思っただけで、それが何か確かめようとしてベッドサイドのスタンドに手を伸ばしたときだった。

いきなり暗闇から伸びてきて、歩の手首をつかむ白い手があった。さすがに心臓が止まるんじゃないかと思うほど驚き、悲鳴を上げそうになった。

「うわぁ……っ」

だが、今度はその口を別の手がしっかりと塞いできた。泥棒だろうかと思った次の瞬間、歩の体がベッドに押し倒された。そして、スタンドが点《つ》けられ部屋がオレンジ色の薄明かりに照らされて、自分に覆い被《かぶ》さっている人物の顔がはっきりと見えた。

「お、叔父さん……っ」

泥棒ではないとわかって安堵《あんど》したのも束《つか》の間、歩はそのまま言葉を失ってしまう。叔父の顔が違う。微笑《ほほえ》んでいるけれど、昼間の叔父とは違うのだ。この顔は、あの日の夜に見た顔と同じ。

まさかという思いと同時に、こんな深夜に歩の寝室にきた彼の意図を思えば怯《おび》えずにはいられない。

「どうしたの？　俺だよ。何をそんなに驚いているんだい？　何か怖い夢でも見た？　そういえば、この間の夜もうなされていたよね？」

「こ、この間の夜……？」

「ほら、俺の帰宅が遅くて、歩がベッドで本を読みながら転寝した夜だよ」

知らぬ間に叔父が歩の部屋に入ってきて、ブランケットをかけていってくれた夜のことだ。あの夜は、奇妙な夢を見て、朝起きたら夢精していた。

だが、叔父の妖《あや》しげな笑みを見ていると、急に不安になってきた。あれは夢ではなかったのだろうか。だとしたら、自分は叔父に何をされていたのだろう。

考えるのが怖くなった歩だが、今はとにかく起きて叔父がなぜここにいるのかを訊かなければならない。

「あ、あの、叔父さん、どうしたの？　どうして僕の部屋に……？」

四十になる叔父が子どものように暗闇に怯えて歩の部屋にきたわけがない。何か話があるなら食事のときでも、そのあとにリビングでお茶を飲んでいたときでもできたはずだ。そして、叔父は当然のように言った。

「もちろん、この間の続きを教えてあげないといけないからね」

続きというのは、二年前のキスの続きなのか、あるいは先日の夜の続きなのだろうか。どちらにしても、歩には信じられないし、信じたくない話だった。

だが、叔父の顔は冗談を言っているようには見えないし、深夜に歩の部屋に入ってきている
ことで信じたくない現実をはっきりと突きつけられているも同然だった。

「お、叔父さん、ちょっと待ってっ。この間のことなら本当に僕が悪かったから。二度と叔父さんの部屋を見たりしないし、恋人のことは気にせずに……」

家に呼んでくれればいい。歩はすべてを納得して、叔父のすべてを受け入れるつもりで同居しようと決めたのだと伝えたかった。だが、叔父は歩の言葉などどうでもいいように、また手のひらで口を塞いでくる。

途端に歩も口を閉ざすしかなくなる。それを見て叔父は笑顔のまま手のひらを外したが、また口を開こうとするとすぐに人差し指を立てて、そっと歩の唇に押し当てただけで言葉を封じてしまう。

「黙って。さぁ、続きをしよう。ここにいる間にもう少し先まで教えてあげなくちゃね」

「あっ、いやっ。違うんだ。お願い、叔父さん、聞いて……っ。ああ……っ」

話どころではなかった。叔父はいきなり歩の額に唇を押しつけたかと思うと、いつかのようにぴったりと体を密着させてくる。股間に叔父の手が伸びてくるのがわかって、さすがに今夜は必死で身を捩った。

一度ならまだ悪ふざけか戒めということで納得もできた。でも、二度目になったらそうはいかない。それに叔父はこの間よりもう少し先までと言う。

あのときのことでさえ、許されるものなのかどうか歩の中で判断できないでいるというのに、あれ以上のことは絶対に無理だ。そして、絶対にしてはいけないと思うのだ。

「叔父さん、お願い。僕が悪かったから。のぞき見なんてするつもりなかったんだ。でも、誰もいないと思っていた部屋から声がして、つい見ちゃっただけ。本当にごめんなさい」

もう取り繕うこともなく、正直にあのときのことを謝る歩の頬を手のひらで撫でながら、叔父はこちらをじっと見つめている。ちゃんと話をすれば、叔父はきっとわかってくれるはず。歩は藁《わら》にも縋《すが》る思いで自分の気持ちをどうにかして伝えようとした。

「叔父さんが男の人が好きだってことも、叔父さんの恋人のこともうわかったから。それで、誰にも言わないほうがいいなら、僕は絶対に黙っているから。だから、もうこんなことは……」

必要ないと言いたかったけれど、しばらく黙って聞いていた叔父がいきなり笑いだしてぎょっとする。普段は声を上げて大笑いすることのない叔父だから、これもまた歩が初めて見た叔父の姿だった。薄暗い部屋の中で笑う彼は、まるで美しい幽鬼のようにも見えてただただ怖かった。

「な、何……？　どうして……？」

何がおかしいのか問いたいのに、自分の体の上に跨《また》がっている叔父はまるで恋人の股間に跨がっているときのように淫靡《いんび》な笑みとともに笑い続けているのだ。

「そりゃ、声がすればのぞきたくなるよね。俺だってきっと歩の立場ならそうしたと思うよ。でも、そんなことはどうでもいい。ただ、俺が男が好きなことは黙っていたほうがいいかもね。父さんや母さんが聞いて喜ぶことじゃない。話したところであの人たちはべつに驚きもしないと思うけど、世間体が悪いとかなんとか言い出しそうで面倒だろ？」

叔父はまるで開き直ったようにそんなことを言う。彼の秘密を知ってしまった歩に口止めするために、こんな真似をしているのではないとしたら、いったい叔父の目的はなんなのだろう。本当にわからなくなった歩は泣きそうな声で訊いた。

「だったら、どうしてこんなことをするの？」

すると、叔父はどうしてそんな決まりきったことを訊くのかわからないというように、小さく肩を竦《すく》めてから言った。

「どうしてだって？　もちろん、歩が可愛いからにきまっているだろう」

「そ、そんな……っ」

それでこんな真似をしているとしたら、やっぱり許されることではないと思う。歩が震える声でそれを訴えると、叔父は呆《あき》れたように小さな溜息《ためいき》を漏らしていた。

「どうして駄目なの？　もちろん、男と女ならよろしくないだろうね。うっかり子どもでもできたら、大問題だし、目を覆うようなスキャンダルだ。天罰が下っても仕方がないと思うよ」

それは叔父も認識しているのに、口元をまた緩めて淫らな笑みを浮かべた彼は歩の顎《あご》を片手でつかみ、頬を舌で舐め上げたあと耳元で囁くように言ったのだ。

「でも、俺たちは男同士だよ。黙っていれば、誰も気づかないまま愛し合えるじゃないか」

ぞっと背筋が震え上がった。このとき、ようやく叔父は確信犯なのだと理解した。歩をこの禁忌の行為に引きずり込んで、己の欲望を満たそうとしているのだ。

「僕は、叔父さんとそんなことはしたくない……っ」

そう言うのが精一杯だった。大好きな叔父だった。何をされても許せると思っていたけれど、これればかりは人としてやってはならないと、若い歩であっても心の中にある倫理観が己に歯止めをかけていた。

ところが、歩よりもずっと大人の叔父は、歩の懸命な訴えをまた笑い飛ばす。

「したくないって？　また嘘を言う。歩はいい子だけれど、ちょっと嘘が多いね。悲しいことがあって、心を病んでいるせいかな。それとも、もともと歩は嘘つきの悪い子だったのかな？」

そう言いながら、叔父の膝が歩の股間をぐりぐりと刺激する。それだけで、歩のそこは痛いくらいに張りつめていった。

「どうして、ここがこんなことになっているのかな？　本当はこの間みたいなことをしてほしいと思っているんだろう？　いや、違うね。本当はあれ以上のことも知りたくてたまらないんだろう。十八だもの。誰だって気持ちのいいことに溺《おぼ》れる年頃だ。だから、無理はしなくてもいいんだよ」

もちろん、無理をしようとは思っていない。けれど、欲望を吐き出す手段が叔父との関係というのは、あまりにもおぞましいのではないだろうか。歩が昨夜のようにしどろもどろで訴えると、叔父がちょっと真面目な表情になり、まるで学生に講義をするときのような口調で言い諭すのだ。

「そんなつまらないことを言うなんて、まだ常識にとらわれているんだな。そんなふうだから、怖くなるし、迷ってしまうんだよ。これくらい、何も悩むほどのことじゃない」

そんなわけはないと思うけれど、叔父が自信を持って言うのを聞いているとなんだか自分のほうが間違っているような気がしてくるのだ。

「いいかい、自分の心が何に反応するのかちゃんと見分けるべきだし、認めるべきなんだよ。そうすれば、心は自由になれる。それは怯えていた自分が馬鹿らしくなるほどの解放感なんだ」

叔父の言葉が歩の頭の中で繰り返される。

（本当にそうなんだろうか……？）

難解な言葉ではないけれどとても感覚的なもので、それを理解しようとしているうちに歩の頭の中はまた混乱し、抵抗する動きが止まってしまう。すると、叔父の唇が歩の唇に重なってきた。ハッとして目を見開く間に素早く叔父の唇は離れ、また妖しげな笑みとともに囁く。

「前に教えてあげたよね。キスのときはどうするんだい？」

唇を少し開かなければいけない。そう言われていたはずだ。十六の夏の興奮が蘇《よみがえ》ってきて、歩はほとんど無意識のままに唇を開いていた。そこに叔父の濡れた舌が潜り込んでくる。

口腔《こうこう》をこんなふうに舐め回されるのは初めての経験だった。十六のときは舌の感触を知っただけで終わったキスだった。でも、今夜は叔父の舌がはっきりと意思をもって歩の口腔を動き回る。そのとき、濡れた音が響くたびにひどく淫らな気持ちがかき立てられた。

こんなことはいけない。これは間違ったことだ。そう思うほどに、さっきの叔父の言葉が歩の脳裏に蘇って歩の心を翻弄《ほんろう》する。

「んん……っ、くぅ……っ」

唇を塞がれたまま歩は少し苦しげに呻いても、叔父は唇を離すどころかもっと深く歩の喉に届きそうなほど舌を差し込んでくる。苦しいのに気持ちがいい。

それは言葉ではうまく言い表せないけれど、きっと「快感」というものなのだと思った。許されることではないし、これはおそらく「禁忌」だ。

けっして人には言えない関係に叔父は歩を引き込もうとしている。どうしてなのか理由はわからないけれど、ただ一つだけわかっているのは彼は自分を逃す気はないということだ。

存分に歩の口腔を舐め回してから唇をゆっくりと離すと、叔父は自分の唇を手の甲で拭《ぬぐ》いながら言った。

「俺が教えたあと、誰かとキスをした？　まぁ、キスぐらいはするよね。あの高校は昔から校内での擬似恋愛が多かったからな。歩みたいに可愛いと周囲が放っておかなかっただろう？」

歩の卒業した高校は八十年近い歴史があり、叔父の母校でもある。叔父の時代よりももっと以前から、学生同士の不純と呼ばれる交際はあったらしい。だから、叔父が歩のことを誤解するのも無理はない。

けれど、歩は上級生から手紙をもらっても、それに応えることはなかった。だから、キスは叔父に教えてもらったきりで、誰とも唇を重ねたことがなかった。

でも、キスならまだいい。これくらいなら、さほどの罪悪感を抱かずにいられる。でも、その先はやっぱり駄目だと思う。それだけはしてはならないと、最後の砦《とりで》を守るように歩は叔父に懇願する。

「叔父さん、僕、怖いんだ。だから、これ以上はしないで。本当に僕には無理だから……」

それは、未経験で未熟な体の意味だけではない。それよりも、心がこの普通ではない状況に怯えているのだ。すっかり混乱している歩を労わるように、叔父は優しい笑みとともに髪を撫でてくれる。母親と同じ髪質の歩は、叔父とも同じで少しだけ癖があり、染めてもいないのに茶色がかった色をしていた。

「心配しなくてもいい。すぐに慣れるよ。俺がそうだったようにね。すぐにこの快感の素晴らしさを知って、くだらない悩みなど忘れてしまえるさ」

「ど、どういう意味……？」

　含みのある言葉には同時に毒も感じられて、歩が思わず聞き返す。だが、叔父はそれ以上何も言わずに、歩のTシャツの中に手を潜り込ませてくる。叔父の手が肌の上を滑るように撫でていく。胸の突起を摘まれると、自分でも恥ずかしい呻き声を漏らしてしまった。

　そんな歩を見下ろして、叔父は心から楽しそうに微笑んでいる。どうしてそんな顔で笑っていられるのかわからない。叔父にはなんの迷いもないのだろうか。いくら彼が普通の人とは違う感覚の持ち主だったとしても、こんなことをしていつか後悔するという不安はないのだろうか。

　そして、歩といえばこんなにも怯えているくせに、叔父の手が自分の体を撫で回すのを拒めない。どうしたらいいのかわからないまま、いつしか弱い心が負けそうになっていく。どんなに心は拒んでいても、体は一度教え込まれた快感を思い出し、勝手に期待に震えていた。すると、そんな歩の葛藤《かっとう》を見透かしたように叔父が言う。

「歩が悩まないように、いいことを教えてあげるよ」

　叔父がいつしか歩のTシャツを脱がせてしまい、腰に跨がりながらこちらを見下ろしていた。叔父が言う「いいこと」はきっと歩にとっては「いけないこと」だと思う。

　だからといって、聞かずにはいられない。歩が怯える視線で叔父を見上げていると、彼は身に着けている白いシャツのボタンを外しながら微笑んでいた。

「いいかい、人はいけないと思えば思うほどやりたくなるんだよ。やりたいことを我慢すればするほど、それがよけい楽しいことに思えてくる。後悔するとわかっていることほど、やらずにいられなくなる。そして、結論だ。人は快楽に弱い生き物なんだ。それはけっして克服することはできやしない。だったら、どうしたらいいと思う？」

歩は小さく首を横に振った。わからない。わかるわけがない。叔父は小さく肩を竦めてみせた。簡単なことなのに、どうしてわからないんだという表情だった。

「だったら、欲望に忠実になればいいんだよ。自分が弱い生き物だと認めてしまえばいい。快楽にかぎったことじゃない。人を恨む心、妬《ねた》む心、蔑《さげす》む心、何もかもが人の心の中に巣喰《すく》っているものだ。それらを全部認めて、自分に許してやればいい。それが唯一楽になる方法だ」

無茶苦茶だと思ったけれど、叔父の言っていることも一理ある気がした。弱いくせに強がっていれば、苦しいばかりだ。それは確かなことだと、歩はもう知っている。

両親が亡くなってから、歩はずっと辛かった。百パーセントの割合で相手が悪いとわかっている交通事故だからこそ、悔しくてたまらなかった。相手がどんな罰を受けても両親は帰ってこない。どうして自分だけがこんな不幸な目に遭うのだろう。

けれど、世の中にはもっと理不尽な理由で大切な人を失い、なおかつ支えてくれる人がいない場合もある。歩には祖父母も叔父もいて、同じ悲しみを共有しながらも心身ともに支えてくれている。

だからこそ、いつまでも悲しみに打ちひしがれ、心を塞いでいる自分でいてはいけないと、己を懸命に鼓舞していたところがある。けれど、本当は辛いのだ。何か心がまぎれることでもあればと思うけれど、何をやっていても世界には薄くグレーの霞《かすみ》がかかったようで、目の前の視界が晴れ渡ることがない。

いっそ弱い自分を認めて、もっとなりふり構わず泣いて喚《わめ》いて、こんな運命を罵《ののし》って、塞ぎ込むだけ塞ぎ込んでいれば楽だっただろうか。

大切に育ててもらったからこそ、自慢の息子でいたい。歩を通して亡くなった両親が悪く言われるようなことがないように、懸命に気丈に振る舞おうとしている自分が今もいる。そして、近頃はそれに疲れているのもまた事実なのだ。

だったら、自分が弱いと認め、目先の快感に溺れてしまえばいいのだろうか。感情のままに行動してもいいと、叔父は本気で言っているのだろうか。

戸惑う歩の心に、叔父の言葉は妖しい誘惑とともにしのび込んでくる。叔父以外の誰かがそう言ったなら、きっと歩の心は聞く耳をもたなかっただろう。それくらいの理性や冷静さはあるつもりだった。けれど、叔父はいつだって歩にとって特別なのだ。

彼の唇と舌と指先は、歩の体の上で蠢《うごめ》いていて、どこに触れれば声を上げるのかを確かめているようだった。やめてほしいのに、やめてと叫べない自分は何を迷っているのだろう。

「歩はどこがいいのかな？　歩はどうされると気持ちがいい？」

「わ、わからない。わからないよ……」

　跨がった叔父を跳ね除けることもできないまま、歩は泣きそうな声で答える。自分の体のことさえよくわかっていないから、そんなことを訊かれても答えようがないのだ。

「そうか。本当にまだ何も知らないんだな。教えていくのが楽しみだ。心配しなくていい。俺は教えるのは得意だからね」

　大学で教鞭をとっているのだから当然だが、フランス語ならともかくまさか叔父からセックスを教えられるなんて思ってもいなかった。けれど、ここから逃げ出すことはできない。別荘の外の暗闇に駆け出す勇気もなければ、この部屋のベッドから飛び下りる力もない。叔父は鍛えた筋肉を持っているわけではないが、それでもまだ体が出来上がっていない華奢《きゃしゃ》な歩よりは力があるのだ。

「ほら、乳首はただの飾りじゃない。男だってちゃんと感じるんだ。こうやって摘まれていると、下腹のほうからうずうずしてこないか？」

　叔父の両手が歩の左右の乳首を摘み上げたかと思うと、指の腹で強く押し、さらには唇で吸って前歯で甘噛《あまが》みをする。乳首をこんなに執拗に触られたことなどない。自分の手でさえ意識して触ることのない部分だから、すごく不思議な感じがする。そして、叔父の言うように、下半身がむずむずするような感覚が込み上げてくるのだ。

「あっ、駄目……っ。なんか変だ……っ」

歩が声を上げると、叔父は嬉しそうに口元を緩める。

「そう、それが気持ちいいってことだよ。じゃ、今度はこっちだ。ここも昨日教えてあげたよね」

そう言うと、叔父は自分の体を歩の膝のあたりへずらし、乳首に触れていた手を股間へと移動させる。いつかの夜もそうやって叔父の手で擦られて果ててしまった。同じことをされると思った歩は、もはや観念したつもりで目を閉じた。

だが、ジャージと下着を引き下ろされて、乳首への愛撫で少し硬くなっている歩自身を握るだけでなく、今夜はそこに叔父が顔を埋めてきた。

「あっ、いやだっ、そんなことしたら……っ。うう……っ。んんっ」

いきなり口に咥えたかと思うと、舌で裏側を根元から先端まで舐め上げてくる。これは夢に見たあの感覚と同じ。背筋が震えると同時に、あまりの刺激の強さに歩はたまらず上半身を起こそうとした。その途端に叔父の手が歩の睾丸《こうがん》を強く握ったので、痛みに仰《の》け反《ぞ》るようにしてまたベッドに倒れ込んだ。

「ほらほら、じっとしていないと痛いことになるんだよ。俺は優しくしてやりたいけれど、それは歩がいい子でいてくれたらの話だ。暴れたり逃げたりしたら、お仕置きしなけりゃならなくなる」

「ご、ごめんなさい。だから、痛くしないで……」

どうして自分が謝っているのかわからない。悪いことをしたつもりはないけれど、叔父の言葉と思わぬ痛みに怯えているとつい口をついて出てしまったのだ。

もう一度起き上がって逃げる勇気はなかった。叔父は口の愛撫を続け、歩はやがて声を殺せなくなっていく。

「ああ……ぅ。も、もう……っ、苦しいっ。叔父さん、お願い……っ、もう……」

張りつめたそこが弾《はじ》けてしまうと思った瞬間、叔父は歩の根元を指で作った輪で強く押さえる。

「いぁ、ぃ……っ」

引きつった声とともに身を捩る。だが、叔父はその姿を見てもまるで講義の最中のように淡々とした口調で言うのだ。

「まだ駄目だよ。もう少し辛抱しなさい。今夜は教えることがいろいろとあるからね」

「そ、そんな……。もう無理だよ」

弱々しい声で訴えるが、叔父がそれで許してくれるわけがない。もうそれはなんとなくわかっていた。叔父にはこれまで歩が知っていた、少し変わり者だけど誰よりも優しい彼だけではなく、もう一人の彼がいたのだ。もう一人の彼の笑顔は冷たくて、その言葉は厳しく、態度は容赦がないような気がした。

「無理じゃないさ。本当に気持ちよくなりたいなら、我慢を覚えなけりゃ駄目だ。そうして少

しずつ慣れていくんだよ」

どんなに気持ちよくなりたかったとしても、これは本当に我慢して、慣れていくことなのだろうか。叔父が何か言うたびに歩の頭の中は混乱してくる。何が正しくて、何が常識なのかがわからなくなる。これまで自分が絶対的に信じてきたものが、融けた氷河の壁のようにぼろぼろと崩れ落ちていくのだ。

「さて、どうしようかな。このまま手を離してしまうといってしまうだろうしねぇ」

叔父はそう言うと、歩の股間を握ったままベッドの周辺を見渡していた。何を探しているのかわからなかったが、叔父は少し身を屈めたかと思うとベッドのサイドテーブル上にあった歩のオーディオプレーヤーを手に取った。

「いいものがあった。ちょっと借りるね」

必要なのはプレーヤーのほうではなく、差し込んでいるイヤホンのほうだった。それを抜き取るとコードを使って歩の股間をグルグルと巻いて縛ってしまう。まさかそんなことをされると思っていなかった歩は、本気で慌てて声を上げた。

「なっ、い、痛いっ、叔父さんっ、痛いよ……っ」

「だから、少しの辛抱だよ。これからもっと大切なことを教えなけりゃならないからね」

「な、何？　ねぇ、大切なことって、何……？」

そんなことはどうでもいいけれど、今の叔父に直接的な訴えは聞き入れてもらえないことくらいもう歩にもわかっていた。

「前ばかり触っていても駄目なんだよ。男同士でやるときには、後ろを使うことくらい知っているだろう。俺が突っ込まれていたところも見ていたくせに、しらばっくれるつもりかい？」

「う、後ろを……？　後ろをどうするの？」

「だから、ちゃんと使えるように慣らしておくんだよ」

叔父は呑み込みの悪い学生に言い聞かすように、ちょっと強い口調になって言う。

歩だって想像していなかったわけではない。けれど、叔父がされていたようなことを、今度は自分が叔父の手でされるのかと思うと、さすがにそれは無理だと思った。これまでの言葉ばかりの「無理」ではなく、体がそんなことを受けつけないと思ったのだ。

歩の性器をコードで縛ったあと、跨がっていた叔父が腰から下りたタイミングを見計らって寝返りを打ち、ベッドの上を這《は》いずり逃げようとした。だが、股間を縛られていることと怯えから、膝が震えてうまく動かない。そんな歩の足首をつかむと、叔父は力任せに引っ張ってベッドヘッドまで逃げていた体を一気に引き戻してしまう。

「逃げたら駄目だと言っただろう。聞き分けのない子は駄目だな。やっぱりベッドに縛りつけておくしかないか……」

叔父は胸の前で腕組みをすると、溜息交じりに呟いた。その言葉は歩にまた新たな恐怖を与えた。ベッドに縛りつけられたりしたら、本当に何をされるかわからない。今、目の前にいる叔父は、叔父でいて叔父ではないのだ。

「あっ、い、いやだっ。ごめんなさい。逃げません。もう逃げません。だから、お願い、縛らないで……っ」

歩の懇願に叔父はそれでもまだ思案顔だった。だから、なおも歩は詫びて自ら叔父のそばへと戻っていく。自分の腰に縋る歩を見て、叔父はようやく笑みを取り戻す。だが、歩の安堵も束の間だった。

「じゃ、四つんばいになって、こちらにお尻《しり》を向けてごらん。恥ずかしがることはないよ。歩が小さい頃はオムツだって換えていたんだから、初めて見るわけじゃないしね」

そうは言われても、今はもう十八だ。叔父に自分からお尻を差し出して見せるのはとんでもない羞恥を伴う。首を横に振って小さな抵抗を示したが、途端に叔父が不機嫌そうになるのを見て、歩は諦めるしかなかった。どうやっても、自分はこの夜から逃げ出すことはできないのだ。

のろのろと体を返してベッドの上で四つんばいになる。それでも腰を低くして、どうにか叔父の視線から自分の股間を隠そうとしてしまう。すると、叔父はまた苛立《いらだ》ったように小さな舌打ちをしたので、歩は慌てて腰を高く持ち上げた。

叔父の裏の顔とその言葉と態度、先日の奇妙な夜、妖しげな夢を見た日、そして思い出の別荘での暗闇。いろいろな条件が折り重なって、いつしか叔父は絶対的な支配者のようになり、歩は服従することしかできない存在になっていた。

「よし、いい子だね。じゃ、息を吐いて力を抜いていてごらん。大丈夫だよ。充分に潤滑剤を使うからね。最初は少し圧迫感があるくらいだ」

歩はいつか見た叔父の姿を思い出し、今は自分が同じ格好をしているのだと思い、羞恥と同時に不思議な感覚に包まれる。

あのとき、叔父は頬を枕に押しつける格好で膝をつき、腰だけを高く持ち上げていた。両手は背中に回されて、そこで一つに結わえられていた。あまりにも衝撃的な姿に、歩は息を呑んだまま身動きができなくなった。そして、今は自分が同じ姿で身動きができないまま、そこを分け開かれ見られるままになっている。

「こんなところも色素が薄い。可愛い窄《すぼ》まりだね」

叔父はどこかうっとりとした口調で言うと、歩にそのままの格好でいるように言いつけ、手際よくコンドームを自分の指に被せる。それから、一緒に持ってきた小瓶の蓋《ふた》を開き、ジェリー状の潤滑剤をたっぷりとその指ですくい上げた。

一連の動きを横目で見ながら、歩はじっと腰を上げたままでいた。それどころかあの日の午後の叔父のように、自ら頬を下げて枕に押しつけた。逃れられないと観念した動物のように、それは捕食されることを覚悟した姿だった。

「ああ、歩はやっぱり素直ないい子だね。じゃ、ゆっくり慣らしてあげよう。気持ちよくなったら、ちゃんと言うんだよ」

本当にそんなところを指でまさぐられて気持ちよくなれるのだろうか。叔父のコンドームを被せた指がそこに入ってきたとき、独特の圧迫感に息が詰まる。息を吐いて体を弛緩させるように言われても、なかなかうまく自分の下半身がコントロールできないのだ。

「ああ、中は硬いね。誰にも使わせたことがないみたいだな」

「な、ないから。こんなことしたことないもの……」

歩が少し苦しげに声をつまらせて言う。すると、叔父は嬉しそうに笑って、歩の前を縛っていたコードを解いてくれた。

「じゃ、今夜は後ろでいけるようになろうか。指は二本までしか入れないから、安心していいよ」

指が二本でも、それは充分な衝撃で刺激だった。

「あっ、な、なんか、そこは……っ。変だから、お、叔父さん……っ」

「ここがいいの？　気持ちよくなってきたのかな？　いけそうならいってごらん。ただし、前に触っちゃ駄目だよ。これは後ろだけでいけるようになるための練習だからね」

思わず片手を自分の股間に持っていきかけた歩だが、叔父の言葉で自分自身に触れられなくなってしまう。両手でシーツを握り締めながら、歩はいつしか淫らな声を漏らしながら腰を揺らしていた。もどかしさと快感が交互にやってきて、泣き声交じりに喘いでは膝から下でパタパタとシーツを叩く。

「あっ、き、気持ちいい……っ」

そう漏らしたのは本当に自分の口だったのだろうか。わからないけれど、もっと決定的な刺激がほしかった。最後の最後にはこらえきれなくなった歩が、自然と右手で自分自身を握る。と同時にそこが果てて、上げていた腰がガクリとベッドに崩れ落ちた。

荒い息のままベッドに倒れ込んだ歩が聞いたのは、歩の行儀の悪い右手に呆れたような叔父の溜息だった。そして、二人きりの夜はどこまでも深く長く続いていくのだった……。

◆◆

「昨日の夜はがっかりだったよ。歩《あゆむ》はいい子だと思っていたのに、簡単な約束も守れないとはね」

叔父が心底呆《あき》れたように言うと、歩は彼の期待を裏切った悪い甥《おい》っ子だという気持ちになってしまう。けれど、自分は本当にそれほど悪いことをしたのだろうか。

その夜も叔父は部屋にやってきた。今朝は疲れきっていたせいで早起きができず、釣りに出かけることはなかった。午後からは叔父の車で牧場に買い出しに行き、顔見知りの牧場主に乗馬を勧められた。

今年は一人で乗ろうと思っていたけれど、腰が重くてだるい歩は馬が怖いという理由で叔父の前に跨《また》がって一緒に乗せてもらった。森をトラッキングしている間、叔父の唇は何度も歩のうなじや首筋に触れ、手綱さえときには片手でさばきながら、歩の胸や脇腹《わきばら》を撫《な》でた。

一緒にトラッキングに出ていた牧場のインストラクターには、仲のいい叔父と甥の姿に見えていたのだろうが、歩には妖《あや》しげな叔父との関係を誰かに見咎《みとが》められないか不安で仕方がなかった。

その反面、叔父に触れられることに体は容易に慣れていき、これが禁忌ではないかと思い悩む感覚がじょじょに麻痺《まひ》していくのがわかる。

別荘にいるかぎり、歩に何が正しいか間違っているかを教えてくれる人は叔父しかいないのだ。歩の心は叔父の言葉に呑《の》み込まれてはふと自分を取り戻し、我に返ってはまた叔父の言葉に翻弄《ほんろう》される。

そして、二日目の夜がやってきて、もう互いのプライベートに干渉しないというルールなどどこにも存在していないような気がしていた。

叔父にとって歩は、ただ自分の思いどおりに教育しなければならない存在なのだ。そして、叔父は夜な夜な歩に悪い夢を見せる。でも、この夢はひどく甘くて淫《みだ》らだから拒めない。

「ねぇ、叔父さん、僕を慰めるつもりでいてくれるなら、本当に必要ないんだ。それに、叔父さんには恋人がいるんでしょう？　こんなことをしていたら駄目なんじゃ……」

歩は今夜も恐る恐る彼の手を拒もうとした。だが、それはけっして成功することはないと知っている。朝になって顔を合わせる叔父は、以前と変わらない優しい叔父なのに、夜の彼は歩の言葉を聞き入れてはくれない。その笑顔は獲物を前にしたときの残忍さを滲《にじ》ませているのだ。

「馬鹿だな。俺の恋人のことなんて気にしなくていいんだよ。俺たちは大人の関係だからね」

確かに、あんなセックスは大人同士でなければできやしないだろう。ただ愛し合っているだけでなく、彼らはそれぞれの役を演じるようにして、他人とは違う過激なセックスを楽しんでいたのだ。

知ってはならない叔父のもう一つの顔を知ってしまった歩は、もうそれを知らなかった頃には戻れないのだ。

「それに、俺は歩を慰めるためだけにこんなことをしているわけじゃないと言ったじゃないか」

「だったら、どうして……？」

その理由を何度訊《き》いても返ってくる答えは同じだ。

「何度でも言うよ。もちろん、歩のことが好きだからだよ。こんなに可愛い甥っ子を残していってくれて、姉さんたちには心から感謝しているよ。そうでなければ、悲しくて生きているのが辛《つら》かったもの」

「叔父さん……」

あらためて心の中に何か痛い楔《くさび》のようなものが打ち込まれる。叔父の「好き」という言葉にどれほどの意味があるのだろう。その真意はわからないけれど、そんなふうに叔父もまた姉夫婦の死を深く嘆いているのだと思うと、歩はますます逃げ場がなくなってしまう。

自分が叔父を拒めば、彼をもっと深い悲しみの淵《ふち》に突き落とすことになるのだろうか。もしかして、歩以上に叔父の心はもろく壊れそうになっていたとしたらと思うと、また別の恐怖が歩の心と体を縛るのだ。

「さぁ、今夜は『leçon 3』だ。歩は覚えなければならないことがたくさんあるからね」

まるでフランス語の講義のように、そんなふうに言うと歩の前に立つ。

今夜も叔父は歩を快楽という名の禁忌へ導こうとしていて、自分はそれを拒めない。もし両親が生きていたらと思うと、ぞっと背筋を凍らせる。

こんな秘密を持ってしまったことを両親に隠し通す必要がないということが、これ以上ないほどの皮肉となって歩を安堵《あんど》させている。でも、両親が生きていれば、叔父とこんな関係になっていたはずもない。それもまた考えるのが虚《むな》しい仮定の話でしかないのだ。

「こ、今夜は何をするの……？　痛いことじゃないよね？」

叔父のレッスンは歩にとって刺激的というばかりではなく、常に怯《おび》えがついてくる。何をされるのかわからない。自分がどうなってしまうのかわからない。

震える声で歩がたずねると、叔父はちょっと困ったような表情になる。なんだかいやな予感がした。

「痛いことはしたくないけどね、歩は少し辛抱が足りないようだから……」

「が、我慢できるよ。叔父さんの言いつけは守れるからっ」

歩が怯えから懸命に訴えるが、そんな言葉を簡単に聞き流して持ってきた太い革のベルトを二つに折ってみせる。

「今夜は言いつけを破るような真似《まね》ができないようにしておこう。両手を前に出しなさい」

「い、いやだよ。そんなことしないでよ……」

「駄目だな。約束を一つ破ると一つの罰だ。これは決まりなんだよ」

いったい、誰がいつ決めた決まりなのか、歩にはわからないし叔父にそれをたずねる勇気もなかった。

「さぁ、両手を出しなさい」

叔父の言葉はいつしか絶対的な命令となっていた。歩の心はまるで坂道を転げ落ちるように、従うだけの従順な人形のようになっていく。

おずおずと両手を揃《そろ》えて前に差し出せば、まるで罪人になったような気分だった。おそらく、叔父にとって歩は約束を破った罪人であり、罰を与えるべき存在なのだろう。

揃えた両手首に二重になったベルトが巻かれ、ループを通してきつく締め上げられた。それだけでも十分に痛いし、両手の自由を奪われて不安だった。だが、叔父は歩を仰向《あおむ》きにベッドに寝かせると、結わえた両手を上に持ち上げて、ベルトの先端の二本をベッドヘッドの柵に潜らせるようにしてバックルを止める。

これで歩はもうベッドから逃げ出すことも、勝手に自分の手を下ろすことさえできなくなってしまった。三回目のレッスンは拘束から始まった。そして、叔父は今夜も昨夜以上に容赦がない。

「俺の指では歩を満足させてやれなかったらしい。でも、今夜は大丈夫だと思うよ。歩のためにいいものを用意しておいた」

それが何か見るのが怖かった。けれど、見ないのもまた怖い。

「な、何……?」

歩がたずねて視線を叔父の手に向けるまでもなく、それは目の前に持ってこられた。この目で見ても何かはわからなかった。黒く卵よりも少し小さく細長い楕円《だえん》形をしていて、先端からはコードのようなものが繋《つな》がっている。

しばらくそれを凝視していたら、叔父がいきなりその楕円形の部分を歩の口の中に押し込んできた。

「うぐぅ……っ、うぁ……っ、んんぁっ」

「ほら、ちゃんと舐《な》めて濡《ぬ》らしておかないと、自分が辛いだけだよ。俺の指では満足できずに、自分の前に触れてしまっただろう。でもこれを中に入れればきっと前に触らなくてもちゃんといけるよ」

「ぐぅ……っ、んぁ、んっ、んんっ」

まさかと思ったが、すぐにそういうものなのだと理解した。思い出してみれば、叔父も恋人に何か黒い道具を使って後ろを嬲《なぶ》られていた。あれはひどく太く大きい、グロテスクな代物だった。だが、歩の口の中に押し込まれているものは、けっして大きすぎて恐れおののくほどのものではない。

だが、それだけに叔父が本気でこれを歩の中に入れるつもりだとわかった。そして、この状態では歩はどうしてもそれを拒めない。唾液《だえき》が絡んだ黒いボール状のものが口腔《こうこう》から引き抜かれ、歩は大きく息をついた。

「中に……？　本当に入れるの……？」

拙《つたな》い口調でたずねながらも、許されないことはわかっていた。叔父は歩の足の間に体を割り込ませて、片足の膝裏を持ち上げる。それで歩の後ろの窄《すぼ》まりはもう叔父の視線の下に晒《さら》されていた。

「さぁ、入れるよ。楽しめるといいね」

叔父はまさに他人事《ひとごと》のように言う。

「あひぃ……っ、うっ、うう……っ」

叔父の指と同様に、これも痛いというより圧迫感が歩に声を上げさせる。それでも、ある程度奥まで押し込まれると、妙におさまりがよくて驚いた。ところが、それがいきなり振動しはじめたときはその刺激の強さにひっくり返った声が出た。

「ひぁーっ、いやっ、なんか動いてるっ。あっ、あっ、と、止めてっ、これ、お願いっ」

上擦《うわず》った声で叫びながら、歩はベッドヘッドに繋がれて自由の利かない体を左右に揺さぶる。叔父はそんな歩を見ながら楽しそうに微笑《ほほえ》んでいる。いつもの彼の裏の顔だ。残酷で淫靡《いんび》で甘く美しい。

人がこんな表情になることを歩は知らなかった。まして、自分の叔父がその顔を持っていたことは、知らずにいられればよかった。

だが、今はそんなことを考えている余裕もない。体の中の小刻みな振動が歩の股間《こかん》を刺激して、あっという間に恥ずかしい状態で先端が弾《はじ》け白濁が自分の下腹を汚していた。

「歩の体はこれが気に入ったみたいだね。昨日の夜は俺の指だったから満足できなかったんだね。ごめんね。これからは、もっと歩を楽しませてあげられるようにしないとね」

望んでいないことを、さも歩がそれを欲しているように叔父は言う。そうやって断言されると、もしかしたらこれは自分自身が望んでいることなのだろうかと思えてくるから不思議だった。

歩は叔父の言葉にどんどん巻き込まれていく自分を感じている。でも、そうなるとどうなってしまうのかわからなくて怖い。

そのとき、昨夜の叔父の言葉が脳裏に蘇《よみがえ》る。

『人はいけないと思えば思うほどやりたくなるんだよ。やりたいことを我慢すればするほど、それがよけい楽しいことに思えてくる。後悔するとわかっていることほど、やらずにいられなくなる。そして、結論だ。人は快楽に弱い生き物なんだ。それはけっして克服することはできやしない』

だからこそ、欲望に忠実になればいいと叔父は言った。この快感は歩をどこへ連れていくのだろう。叔父との淫らな関係を責める者は誰もいないのだ。

『弱い生き物だと認めてしまえばいい。それが唯一楽になる方法だ』

流されてもいいのだろうか。それは、閉塞的な状況に陥っている歩の心を解放へと導いてくれるのだろうか。

「さぁ、今夜は最後まで教えるから、ちゃんと体で覚えるんだよ」

叔父は果ててまだぐったりと身を横たえたままの歩に囁《ささや》く。最後までという意味はもうわかっている。これまでだって許されることだとは思っていなかった。けれど、最後までいけば本当に引き返す道はなくなる。

それでも、歩にはどうすることもできなかった。こうなることが運命だったかのように、目の前の事実を受け入れるしかないのだ。

「後ろが柔らかくなっているうちに入れようね。傷つけないように潤滑剤も増やしてあげるからね」

優しげな言葉は催眠術のように歩を操る。もう一度大きく膝を割られて、果てたばかりの性器と後ろの窄まりに新たな愛撫《あいぶ》が施される。ほどなくして歩の体は微《かす》かな反応を示す。それを見て叔父は楽しそうに笑う。

「若いから当然だよね」

淫らな自分の体を恥じたところで仕方がない。それもうすべていまさらだと思うから、歩は諦めとともに再び訪れた快感に身をまかせるように身悶《みもだ》えるばかりだ。

「歩の中はどんなふうなのかな？　こんな日がくるなんて思っていなかったけれど、もしかしたら俺はこれをずっと望んでいたのかもしれないな……」

いろいろと含みのある言葉なのだろうが、その意味を考える余裕はない。呼吸を整えようとした瞬間、叔父自身が歩の窄まりに押し当てられたかと思うと、潤滑剤の滑りとともに驚くほど簡単に体の中へと押し込まれていった。

「ああ……っ、んぁ……っ」

「ああ、歩、歩……っ」

叔父が名前を呼びながら、ゆっくりと体を進めていく。彼のものが体の一番深いところにあ

たり、二人がほぼ同時に長い吐息を漏らした。

さっきまでの道具とは違う。闇雲《やみくも》に快感を引きずり出そうとするのではなく、じっくりとこの体に熱を伝えてくれる。このとき、歩は不思議なくらい満たされている自分を感じていた。

思い出す術《すべ》もないが、おそらく母親の中にいる胎児はこんなふうに何にも不安を感じず、心地いい何かに包まれている感覚の中でたゆたっているのだろう。

やがて叔父が静かに抜き差しを始める。もはや苦痛を伴う圧迫感などはなく、擦られては埋められる動作に自ら腰を浮かせては、あられもない喘《あえ》ぎ声を漏らし続ける。

それは、言葉にはならないくらい深くて甘い快感だった。

(ああ、どうしよう……。僕はもう駄目だ。きっと逃げられやしない……)

ここは自分の部屋だけれど、逃げられない檻《おり》の中に閉じ込められているも同然だった。そして、歩の手はベルトによって拘束されていてベッドから下りることすら叶《かな》わない。

このベルトはやがて外されるだろう。だが、それが取り払われたのちも、歩の心は叔父の手のひらの上から逃れられる気はしなかった。


ゴールデンウィークが終わり、また日常が戻ってきた。

歩は以前と変わらない大学生活を送っている。もしかしたら、以前以上に孤独で心が塞《ふさ》いだ状態かもしれない。

両親の死のショックで閉ざされてしまった心は容易に以前のようになれやしない。だが、今はそれだけが理由ではなくなった。両親を亡くしたあと歩にとって唯一の心の支えであった叔父との生活だが、今はそれが大きな足枷《あしかせ》となって歩を殻の中に繋ぎとめている。

叔父と二人で暮らす家は、いつしか歩の心と体を甘く拘束する淫靡な檻となっていた。当たり前のように大学に通う生活の中でどこへ行くのも何をするのも自由なはずなのに、歩の手首には見えないベルトが巻かれたままで、その先端はしっかり叔父の手に握られているような気がするのだ。

叔父の昼下がりの情事を見てしまったあの日から、彼は彼の持つもう一つの顔を隠すことはしなくなった。そして、今となってはほとんど毎晩のように歩の体を弄《もてあそ》ぶ。ときには可愛い甥っ子を慰めるように、ときには覚えの悪い子どもを叱るように、そしてときには獲物を嬲るように、叔父は歩に肉体の快楽と心の束縛を教え込むのだ。

この檻から逃げ出す術はない。歩はこの家から出ていくことができない。どちらの祖父母にも訴えることのできない問題だ。まして、こんなことを相談できる友人などいるはずもない。

一人暮らしなどもはや叔父が許してくれるわけもなかった。大学生になったとはいえ、歩は未成年だ。経済的には祖父母の世話になり、叔父は今や身近にいる唯一の保護者だった。彼の理解や協力をなくして、自立は難しいというのが現実だった。

そんな日々の中、歩は夜がくるのが怖い。叔父が昼の仮面を外し、夜の仮面をつけて部屋にやってくるたび歩は新たな恐怖を覚える。今夜は何を教えられるのだろう。それは痛くはないだろうか。それは苦しくはないだろうか。きっと泣きたくなるほど恥ずかしいことに違いない。

でも、歩が恐れているのは、叔父に強いられる行為ばかりではない。何よりも怖いのは自分自身だ。叔父の一言一言に歩は翻弄されて自分を見失っていく。叔父に強いられているはずのことが、いつしか自らが望んでいることのように思えてくる。事実、近頃の歩はふとした瞬間に体の疼《うず》きを覚え、それがほしくて仕方がなくなる。

叔父の巧みな暗示にかかっているのだと思っても、その場にいると冷静に判断することができなくなるのだ。そして、気がつけば自分の口がねだるような言葉を漏らしている。

淫らな行為が終わったあと、ベッドで横たわる歩に叔父は優しく前髪を撫で上げて額にキスをする。まるでよく学んだことを褒めるように、あるいは愛《いと》しい恋人を穏やかな眠りに誘うように。

叔父の手から解放されるとき、歩は安堵とともに奇妙な寂しさを覚える。そばにあれば罪悪感に苛《さいな》まれるのに、その手がなくなると途端に不安になる。そんなとき、やっぱり自分自身が叔父との淫らな関係を望んでいるような気がして歩は混乱してしまうのだ。

「ほら、もう歩も後ろが好きになっただろう。ここの気持ちよさを覚えたら、他じゃ辛抱ができなくなる」

叔父の言うとおりかもしれない。キスも前や胸への愛撫も間違いなく快感を与えてくれるけれど、一番この体を満たしてくれるのは後ろを何かでいっぱいにしてもらうときなのだ。

「ああ、気持ちがいい……っ。どうしよう、またいってしまう……っ」

キスから始まった叔父のレッスンは、手での愛撫、口での愛撫、指での愛撫、そして道具を使っての愛撫と進んできた。今はいったい何番目のレッスンになるのだろう。歩の前は叔父の指先一つで硬くなり先端を濡らす。歩の後ろはどんな道具も呑み込んで、淫らに腰を揺らす。

「まだ辛抱してなさい。今夜は昨日の復習をしてからだ。さぁ、こっちへおいで」

叔父の手がやんわりと歩の髪をつかむ。体の中には小さなボール状のものが入っていて、それがさっきから細かい振動を繰り返している。それでも叔父の許可のないまま果ててしまわないよう、歩は懸命にこらえていなければならない。

それればかりか、腰を持ち上げたまま四つんばいになって数日前から習っている口での愛撫をするために、叔父の股間に顔を埋める。

「これが好きになった？　でも、なかなか上手に飲めるようにならないね。今夜はどうかな？昨日みたいにこぼしてしまったらがっかりだよ」

「うう……っ、んんっ、んくぅ……っ」

叔父の言葉に歩は懸命に大きく開いた口で、彼自身をできるかぎり奥まで咥《くわ》えようとする。

でも、叔父のものが大きいのか、歩の口が小さいのかわからないが、なかなかうまくはできない。叔父の出したものをちゃんと飲み込もうとしても、粘度の高いそれはどうしても喉《のど》に引っかかって咳《せ》き込んでしまうのだ。

「上手にできたら、今夜は新しい遊びを教えてあげようかな。きっと歩も好きだと思うよ。ただし、失敗したらまたお仕置きだ」

新しい遊びというのはなんだろう。そして、失敗したときのお仕置きはなんだろう。どちらにしても、それはきっと恥ずかしくて泣きたくなるようなことに違いない。そして、そのどちらもが歩に淫らな高ぶりを予想させるのだ。

「いくよ、歩……っ。んっ、んん……っ」

叔父の鼻にかかった呻《うめ》き声がして、歩の口の中に熱い液が叩《たた》きつけられる。喉を直撃するような勢いに、歩は思わずつかんでいたシーツをかきむしった。なんとかこらえなければ、叔父をがっかりさせてしまう。褒められて頭を撫でられて、新しい遊びを教えてもらいたい。そう思って頑張ったけれど、今夜も歩は失敗してしまった。

むせながら咳き込んで、自分の手のひらに叔父の精液を半分くらい吐き出してしまった。頭上からは叔父の溜息《ためいき》が聞こえる。

（ああ、お仕置きだ……）

歩はすでに覚悟していた。叔父も歩が失敗することをちゃんと予測していたように、うっすらと笑みを浮かべていた。

「仕方がないね。覚えの悪い学生というのはいるけれど、まさか歩がこんなにも手のかかる子だったなんてね。でも、大丈夫だよ。ちゃんと覚えるまで面倒見てあげる。でも、お仕置きはお仕置きだから、わかっているよね？」

もちろん、わかっているから歩は自分の口元を手の甲で拭《ぬぐ》いながらうなだれる。

「さぁ、後ろを向いてお尻《しり》を上げてごらん。お気に入りのオモチャは取り上げないとな」

そう言うと、叔父は四つんばいになって腰を持ち上げた歩の双丘を割り、そこから例の小さなボール状の道具を取り出してしまう。

体の中を刺激するものがなくなると、歩は文字どおり裸で放り出されたような寂しさを感じるのだ。もしかして、今夜はこのまま放っておかれるのだろうか。今の歩にとってはそれが一番辛い罰になる。

「叔父さん、お願いっ。このままじゃいや。どうにかしてください。お願いします。何かほしい。後ろにほしいの……」

「ほしいものを与えてしまったら、お仕置きにならないよ」

呆れたように言うと、叔父はちょっと考えて言った。

「じゃ、こうしよう。これで歩の乳首を可愛がってあげよう。歩は乳首が好きだろう？　だから、前と後ろに触らないで乳首を触るだけだ。それで俺がいいと言うまで辛抱できたら、もう一度後ろに入れてあげる。どうだい？　簡単なことだろう？」

「えっ、で、でも……」

後ろの快感を覚えたあとは、あらためて乳首をいじられるのが好きになった。近頃はそれだけで下半身がものすごくうずうずしてくるし、歩の先端からは恥ずかしいほど透明なものが溢《あふ》れ出してくる。

それでなくてもさっきまで体の中を道具で刺激されていた体は、あと少し触れられるだけでいってしまいそうだった。叔父がいいと言うまで持つはずもない。けれど、叔父はそんなことは充分わかっていてこれを罰にしたのだろう。

「ほら、両手を出して」

いつもの拘束だ。歩が勝手に前に触れないようにするために、叔父は準備を怠らない。歩は素直に両手を前に揃えて出すと、叔父が笑って首を横に振った。

「両手を後ろに回しなさい」

今夜は前ではなくて、後ろ手に縛ろうとしている。それは、歩が初めて叔父の情事をのぞき見たときの、彼自身の姿だ。あのときの叔父と自分が重なっていく。歩はついに自分も叔父のようになるのだと思った。それは、なぜか歩を恍惚《こうこつ》とした気分にさせてくれる。

「さぁ、歩の好きな乳首だけを可愛がってあげるからね」

そう言いながら、叔父は歩の体の中から引きずり出していた振動するボールを胸に押し当ててくる。ちゃんと果てるところが見えるようにと、ベッドの上で足を開いて膝立ちをしている歩は、まるで壊れたマリオネットのように体をくねらせる。

「ううっ、んぁ……っ、く……っ」

最初のうちは声を押し殺していた。後ろ手に縛られて両手がもどかしくて、無意識のうちにそれを解こうと身悶えてしまう。だが、叔父が用意していたロープはぎっちりと歩の手首に喰《く》い込んでいて、どんなに動かしたところで解けるわけもない。

この痛みが乳首への刺激を少しはまぎれさせてくれるかと思ったけれど、けっしてそんなことはなかった。

「ほらほら、こんなに乳首が硬くなってるよ。ああ、前ももうどうしようもないほど濡れてるじゃないか。歩は本当に乳首が好きなんだね。男の子のくせに恥ずかしい子だ」

そうやってわざと歩を辱《はずかし》めながら叔父はもっと歩を追いつめる。片方の乳首を道具で責めながら、もう片方を自分の舌で舐め上げ、ときおり前歯で嚙《か》んでさらに刺激する。

「あぁーっ、あっ、くぁ……っ、駄目っ、駄目……っ」

まだ三分も経ってはいない。けれど、歩の股間はビクビクと上下して透明な液をシーツに撒《ま》き散らしている。もう今にも果てそうになっていて、歩が唇を嚙み締めながらも嗚咽《おえつ》を漏らす。それを見て叔父は歩に止めを刺す。

強烈に左の乳首が吸い上げられて、その瞬間股間が弾けてしまった。全身を痙攣《けいれん》させながら精液を撒き散らす姿を、叔父が笑いながら見ている。

「ああ、やってしまったな。本当に堪《こら》え性のない子だ」

とことん呆れたような口調なのは、歩により屈辱を味わわせるためだ。その屈辱にまた歩は甘い高ぶりを簡単に取り戻す。そして、その夜もお仕置きのあとには褒美をもらう。叔父自身が歩の中をかき回し、背中から覆い被《かぶ》さっている彼はうっとりと耳元で囁くのだ。

「歩の中は温かくて狭い。すごく気持ちがいい……」

歩は身悶えながらも、彼自身の大きさと硬さに掠《かす》れた悲鳴を上げながらまた果ててしまう。羞恥《しゅうち》も赤裸々な欲望も、ときには少しの痛みもすべては快感に繋がっていることを叔父は教えてくれた。

終わりのないこの快感は、歩をどこまで深い奈落《ならく》に落とすのだろう。父親と母親の死を悲しむ心はまだこの胸にあるというのに、こんなにも淫らになっていく自分を止められない。弱い自分を認めたときから、自分はまるで以前とは違う生き物になってしまったようだ。でも、叔父は以前よりも近くにいて、甘い言葉とともに抱きしめてくれるし愛してくれる。

これが間違っているとか許されないことだと諭す人は、幸か不幸か近くにはいない。心地のいいことを否定されずにいると、ズタズタに傷ついた心も少しずつ癒されるような気もするのだ。

だから、歩は愛欲の海に漂いながら、両親の死という悲しみから逃れようともがき続けている。そして、きっとそれは叔父も同じはず。自分たちは同じ傷を背負い、その傷を舐め合って生きている。間違っているなんて言葉は今は聞きたくもない。

人は弱い生き物だから、きっとこれでいいのだと思う……。

◆◆

昨日の夜も淫らな交わりのあと眠りに落ちて、朝がくると叔父は朝食の席で優しく微笑んでいた。もはやこれがこの家の日常になっていた。

交わす会話も驚くほど自然で、自分たちは芝居をしているわけでもない。歩もいつしか昼と夜の自分を意識しないままに使い分けるようになっていた。叔父がそうしているのだから、一緒に暮らしている自分もそうするべきだと理解しただけのこと。

それでも、朝日の差し込むダイニングで叔父が自分の体に触れると、すぐに昨夜の甘い疼きが蘇る。意識しすぎている自分を恥じていると、叔父はそんな歩をからかうように、手首に残った痕《あと》をすっと指先で撫でていったりするのだ。

「もうそろそろ半袖《はんそで》の季節だから、これは気をつけたほうがいいね」

叔父の言うとおりで、すでに梅雨《つゆ》に入っているものの今年は空梅雨なのか雨の日が少ない。けれど、湿度はそれなりに高いので、長袖の服では蒸し暑い日もあるのだ。

今はまだサマーカーディガンや薄手の長袖シャツなどを着ているが、もう少ししたら腕を出すような服装になる。

そうなったとき、手首に痕が残っているのを誰かに見られたらどう思われるかわからない。それでなくても友達もおらず、暗くて奇妙な奴だと思われているだろうから、変な理由で人目につくようなことは避けたかった。

その朝の朝食を終えて片付けをしていると、一足先に出かける支度を整えた叔父がキッチンに顔を出した。今日は普段より少し堅いスーツ姿でネクタイも締めていた。髪型もいつもは柔らかい髪を手櫛《てぐし》で軽く後ろに撫でつけているだけだが、今朝はきちんとサイドの髪も耳にかけて前髪もきれいに横に流している。

「言うのを忘れていたけど、今日はフランスからの来客があってね。食事につき合う約束があるんで、そのままホテル泊まりになるから」

翻訳本の打ち合わせなどで出版社の人と会ったり、大学の関係者と食事をしたりして遅くなる夜はときどきあった。また地方の大学に特別講義を頼まれて泊まりがけで出向くこともある。だが、都内にいて宿泊というのは珍しい。

戸締まりを忘れないよう言われて叔父を見送ると、歩は大きく吐息を漏らした。今夜は叔父がいない。そう思うだけでがっかりしている自分があさましいと思うのだ。でも、近頃の自分は毎晩のように愛欲に溺《おぼ》れながら、どんなに貪《むさぼ》っても足りないと思ってしまう。

十八になるまで性的なことには疎いほうだった。十八年間、誰とも特別関係を持つことのないまま過ごしてきた。同じ男子校の生徒でも、とっくに女の子とそういう経験をしたと自慢している連中もいた。もちろん、中には見栄《みえ》を張って嘘をついている者もいたと思うが、反対に口には出さなくてもガールフレンドがいて、当然のように肉体関係を持っている同級生もいた。

歩は自分が晩生《おくて》であることを自覚していたが、彼女がほしいとか女の子に触れてみたいという欲望が希薄だったこともあり、焦りを感じることはあまりなかった。大学生になって、好きな子ができたらいいなというくらいの気持ちでいたが、そんな自分の中には驚くほど淫らなものが眠っていたらしい。

と同時に今になって思うことは、自分がどれくらい幼少の頃から叔父という存在に影響を受けていたかという事実だ。

最初は戸惑いばかりだったのに、叔父の手が歩の抑圧された感情を解き放ってくれた。いずれは開いていたかもしれないパンドラの箱の蓋《ふた》が開き、歩自身でさえ思ってもいなかったものがその中から飛び出してきた。

よく知っているはずの叔父が、実はまったく知らない一面を持っていたことへの驚き。そんな彼を知ってなお嫌悪を抱くどころか、夜毎《よごと》にそんな叔父に溺れていく自分。触れられ淫らになることに慣れていくほどに、羞恥と同時に興奮を覚えるようになった体。そして、これはよくないことだと思いながらも、強く拒むことのできない意思の弱さ。

けれど、いまさら箱の蓋を閉じたところでどうすることもできない。まさにそれはパンドラの箱であり、一度飛び出したそれらはもう二度ともとへは戻らない。

愛欲というものを覚えて溺れる歩は、叔父と同じように昼の顔と夜の顔を持つようになり、今日も昼の顔で大学へ通う。

叔父との生活に浸りきっている歩にとって、大学はもはや学ぶだけの場所でしかない。それ以外の何を望んでもいない。

そんな歩が講義を受ける以外で利用するのは、カフェテリアと図書館くらいだった。あとは天気のいい日の休み時間に、中庭にあるベンチで本を読んで過ごしている。

両親の他界によってぽっかりと心に開いた隙間《すきま》にはもう叔父の存在があって、その関係に溺れているうちに、大学で新しい友人を作り新しい人生を構築していこうという気持ちが置き去りになっていた。そして、それに疑問さえもはや抱いていないのだ。

歩はいつものベンチに座って、大学の近くのコンビニで買ってきたサンドイッチとミルクティーの昼食を摂《と》っていた。膝の上に本を開いているけれど、字面を眺めているだけであまり頭に入ってこない。これは何も今日にかぎったことではない。

両親が亡くなってからというもの、本を読むときの集中力が自分でもはっきり意識するほど落ちている。読書は歩にとって大切な趣味の一つだったはずなのに、それにさえも夢中になれない。自分の心の中にあった虚無の穴は、叔父の存在によって埋められたはずなのにどうしてだろう。

（まだ心は壊れたままなのかな……）

あるいは、今となっては叔父の存在が心を占めていて、読書への興味そのものが薄れてきているのかもしれない。愛も欲も知らないままだった歩にとって、最初にそれを教えてくれた叔父との淫らな関係は、すべてを忘れて溺れるに充分なほど甘い快感だった。

自分のあさましさに苦笑を漏らしつつ、片手にサンドイッチを手にしたままだったことも忘れそうになっていた。他人とのコミュニケーションがどうでもよくなっているのと同様に、叔父と一緒でなければ食事さえ上の空だ。自分という人間が壊れてしまったことを感じるのは、淫らなセックスの最中よりもむしろこういう何気ないときだった。

それでも、食べなければ午後からも講義がある。空腹のほうが集中できるといっても限界がある。それに、近頃体重が落ちている。これ以上落ちると顔に出てしまう。もともと細面の歩だから、頬がこけると途端に病人のようになってしまう。そうなったら誰よりも叔父が心配するし、歩の体の負担を思って抱いてくれなくなるのがいやなのだ。

歩が無理にでもサンドイッチを口に運んでいるときだった。ベンチの背もたれのほうから名前を呼ばれて、ハッとして振り返る。見れば、さっきまで同じ講義を受けていた高橋《たかはし》が笑顔で手を振りながら立っていた。彼は歩のそばまでくると、ベンチの隣を指差してたずねる。

「ここ、いいかな?」

彼とはカフェテリアで買い間違えたミルクティーをもらったきりになっていた。ゴールデンウィーク前にはバイト探しに躍起になっていたはずだが、その後はどうなったのだろう。べつに興味はないが、隣を指差されて頑《かたく》なに断る理由もない。

「もちろん、どうぞ」

一人で三人がけのベンチを使っていた歩は、体をずらして彼のためのスペースを空ける。高橋はコンビニの袋を片手に隣に座ると、相変わらず物怖じをしない様子でたずねる。

「堀口《ほりぐち》はいつもここでランチしてるのか? 俺も一緒にここで喰っていい?」

公共のベンチなのだから当然だ。歩がちょっとぎこちない笑みで頷くと、高橋は早速コンビニの袋から大きなおにぎりを二つ出してきて、そのうちの一つのラッピングを剝《む》いて頰張《ほおば》りはじめた。

前回話をしてからずいぶん経っていたので声をかけられたのも驚いたが、なぜ彼がここで昼食を食べているのかがわからなかった。

「あの、今日は友達と一緒じゃないの?」

彼は講義が始まる前も、終わってからもいつもすぐに友人たちに取り囲まれているので、どうして今日は一人なのだろうと不思議に思ったのだ。

「えっ？　一緒だけど」

そう言うと、歩のことを指差した。一瞬どういう意味かわからずきょとんとしていると、高橋は口の中のおにぎりを飲み込み言う。

「だから、友達と一緒だ。それに、この間一緒に昼飯を喰おうって約束しただろ」

彼の言う友達が自分のことだとわかり、あのときの口約束を覚えていて、それを果たしにきたのだと気づいて歩はちょっと困ったように笑う。

高橋には申し訳ないが、彼がそんな約束を守る人間だとは思っていなかった。気さくで明るいが、軽いところもあるような気がしていたので、きっとあれは口約束のままで終わるのだろうと思っていた。

それでも、こうして歩のところにやってきたということは、よっぽど律儀なのだろうか。あるいは、今日は親しい友人がたまたまキャンパスにいなかったのかもしれないと考えた。

いずれにしても、今の歩はゴールデンウィーク前に彼と話したときの自分とは違っている。あの頃は友達になれたならと思う気持ちもあったけれど、今の自分には彼の存在そのものがどこか遠いのだ。

もちろん、高橋はそんな歩自身の変化など知る由もなく、以前と変わらず屈託ない様子で話しかけてくる。

「堀口ってさ、相変わらず講義が終わるとさっさと部屋から出ていくよな。声をかけようと思うといないし、探してもどこにいるのかわかんなかったけどこんなところにいたんだな」

キャンパスの中には何ヶ所も広場や休憩所やランチスペースがあるが、正門横に広がる芝生が一番人気がある。この中庭は日当たりがよくないせいもあって、あまり人気のない場所なのだ。その分、学生が少ないので歩には落ち着ける場所だった。

「ここ、気に入ってるから……」

「そっか。そうだな。人も少ないし、読書するにはいいかもな」

高橋の言葉に歩はサンドイッチを食べながら小さく頷いた。それっきりしばらく会話は途切れた。せっかく声をかけてもらったが、歩には取り立てて彼と交わす言葉が思いつかない。

すると、高橋が一つ目のおにぎりを食べ終えて、小さく溜息を漏らした。きっと彼を取り巻く友人たちと違い、あまりにも会話が続かないので呆れているのだろうと思った。

でも、仕方がない。自分はあまり親しくもない人と気軽に話ができるような人間ではない。まして今の歩は大人しいというより、もはや心がここにはなくて退屈な人間でしかないと自覚していた。

心地悪い思いをしているのなら、さっさと残りのおにぎりを持ってここから立ち去ってくれればいい。思ったより律儀な性格なのかもしれないが、もう一緒に昼食という約束もこれで果たしたことにすればいいのだから。だが、高橋は二つめのおにぎりを手にしたまま、チラッとこちらを見ると何かを言おうとして一度口ごもるのがわかった。

「あの、べつに無理に……」

ここにいる必要はないと歩が言いかけたとき、高橋のほうもまた意を決したように口を開く。

「あのさ、大学の入学前にご両親を亡くしたんだって？」

いきなりその話題に触れられると思わなかったので、歩は一瞬声を詰まらせた。

どうして彼がそのことを知っているのだろう。大学の同じ学部に知り合いはいないし、歩自身そのことについて誰かに話したことはない。両親のことは邦人の海外での死亡事故ということで、新聞やテレビでも小さな記事として扱われていたが、まさか高橋がそれを見ていて覚えていたとも思えない。

「どうして、それを知ってるの？」

「他の学部に堀口と同じ高校出身の奴がいて、そいつが教えてくれた」

そういうことかと納得した。他の学部なら同じ高校出身者が数名いるし、彼らは卒業式を前にして起こった同級生の両親の痛ましい事故について覚えているはずだ。それにしても、高橋は彼らに歩のことをわざわざたずねたのだろうか。あるいは、偶然話題にでも上ったのかもしれない。

べつに意図的に隠そうというつもりはなかった。ただ、両親のことで下手に同情されるのもいやだっただけ。両親の死は自分の中で時間をかけて悲しみを消化していくしかないと思っていたし、今でもそう考えている。

だが、歩が途端に表情を強張《こわば》らせたことに気づいたのか、高橋は小さな声で「ごめん」と言った。

「何か探ったみたいに思われると困るんだけど、そいつが堀口のことを知っているって言うから何気なく話題になって……」

「気にしないで。同じ高校出身の連中なら誰でも知っていることだから」

高橋が嘘をついているとも思えないし、何か意図があって歩のことを探っていたとは思えない。なので、無理に笑みを作ってそう言った。

「でもさ、俺はずっと気になっていたからさ。なんでそんなに寂しそうなのかなって」

両親を亡くしたばかりだと聞いて、それも納得できたのだろう。歩は暗い表情を見られないよう彼から視線を逸《そ》らす。だが、高橋はおにぎりをコンビニの袋に戻してから、歩のほうを向き直って言った。

「俺さ、入学式で声かけてから、なんか気になるなぁって思っていたんだよな。あのときは女の子と間違えてきれいな奴がいるんだなって驚いたんだけど、同じ講義を受けていると知ってからはずっと友達になりたいって思ってた」

「僕と友達に……?」

歩の呟《つぶや》きに、高橋はちょっと照れたように頭をかいてみせる。

「でも、うまくきっかけも作れないし、誰とも親しくしている様子もないし、人嫌いなのかと思ったりしてさ。あっ、言っておくけど、カフェテリアでのミルクティーの件は計画的じゃないから。あれは、マジで偶然だから。でも、あれからもなんか避けられているような気もして、馴《な》れ馴れしくして嫌われたかななんて心配しててさ……」

勝手に焦ったり落ち込んだりしている様子を見ていると、その変化がちょっとおかしかった。でも、やっぱりよくわからない。どうして歩なんかと友達になりたいんだろう。何か歩について誤った印象を持っているのか、それとも勝手に思い込んでいることがあるならはっきりと訂正しておきたい。

「高校のときの同級生に聞いたならわかると思うけど、僕はもとから内気だし高橋くんが興味を持つような特別な何かがあると思われても困るんだけど……」

自ら退屈な人間だと認めるのはみっともないことだと思う。けれど、高橋を無駄にがっかりさせるのも気の毒だ。自信のなさから自然と自分の足元を見つめていると、高橋が急にきっぱりとした口調で言った。

「気に障ったらごめん。でも、俺が興味を持つことは、俺が自分で決めるから」

その言葉にハッとしたように歩も顔を上げる。

「俺は堀口のことが気になったし、どういう人間か知りたいと思った。おまえと同級の奴から聞いた話はともかく、今もこうして一緒にいて楽しいし、ちゃんと友達になりたいって言ったら駄目か？」

「い、いや、駄目じゃないけど……」

思いがけず勢い込んだ彼の言葉に圧倒されて、歩が言葉に詰まる。

べつに友達になりたいというのはかまわない。けれど、彼のほうこそ本当にいいのだろうか。歩とこんなぎくしゃくした会話をしながら一緒にいて、楽しいなんてどうして言えるのだろう。でも、高橋の言うように、何に興味を持ってもそれは彼の勝手で自由だ。そして、それを受け入れるかどうかは歩の自由なのだ。

「そうか、よかった。じゃ、あらためて友達として、これからよろしくな」

そう言って急に明るい表情になった高橋は、思い出したように一度しまったおにぎりを取り出してきて頬張る。

気さくな感じで声をかけてきたかと思うと、歩の両親の件で神妙な顔になったり、自分の主張をするときはきっぱりとした口調になって、思いが通じたらまた明るい笑顔に戻る。

感情のままにはっきりと表情が変わる。初めて話をしたカフェテリアでも悪い印象はなかった。物怖じしない態度だが押し付けがましいこともなく、自然な感じが悪くないと思ったのだ。ただ、友達の数がステータスのように思っているとしたら、歩はその数に入らなくてもいいと思っただけ。

だが、今日はまた高橋の印象が変わった。彼はちゃんと自分の意思で友達を選んでいるようだ。もちろん、歩の何が彼の興味を引いたのかはわからないが、少なくとも真面目に友達になりたいと言ってくれている言葉を拒む気はなかった。

　両親の死の悲しみを振り切って無理にでも友人を作らなければと思っていたときは、自分から声もかけられず誰と話す気にもなれないままだった。ところが、一人でもいいと開き直った頃になって、こんなふうに本気で友達になろうと声をかけられるとは思わなかった。それは少しだけ皮肉にも思われたが、人生や世の中というのは、案外こういうものなのかもしれない。

　そして、その日の午後の講義を終わったら、一緒に映画を観にいかないかと誘われた。邦画だが、話題のサスペンス映画の試写会のチケットが二枚手に入ったというのだ。

　いきなりだったので少し戸惑いはあったけれど、考えてみれば今夜は叔父がいないのだ。家に帰っても一人だと思うとなんだかやるせない気持ちになって、歩は高橋の誘いを受けることにした。

「でも、僕でいいの？　他に誘う人がいたら、その人と……」

「いや、俺は堀口と行きたいんだ」

　こういうきっぱりとした口調に弱いことは自分でもわかっている。世の中には自分の意思で決めなければならないことなど、それほど多くはないのだ。どうしても譲れないことやどうしても守りたいものがあれば、それを主張することはしようと思う。けれど、そうでなければ流されていることも嫌いじゃない。

　そもそも、人との軋轢《あつれき》を招いてまで激しく自己主張をしようと思うタイプではない。こんなところも母親に似ていると自分でも思うのだ。それを優しいとか穏やかと言ってくれる周囲の声に、甘えている自分のずるさもまた知っている。

ただ、高橋がそれでいいと言うのなら、歩は頷くだけだ。まだ彼のことはよくわからないけれど、これは歩にとって大学や世間と新たなかかわりを持つ小さな一歩になるのかもしれない。だからといって、叔父との関係を断ち切ることなど今となっては考えられない。両親の死は歩自身に大きな変化をもたらした。計り知れない悲しみや孤独の感情を知り、これまで気づくことのなかった本当の叔父を知った。そして、その叔父から人はいくつもの仮面を持って生きているのだと教えられた。

目の前で笑っている高橋も別の顔を持っているのだろうか。でも、それは知らなくてもいい。人は誰しもそれぞれの仮面を使い分けて、この複雑な世の中を生きているのだから……。

映画は日本の有名なミステリー作家の作品を映画化したもので、脚本は長編をうまくまとめてあったし、役者もよくて見応《みごた》えがあった。

「今日はありがとう。本当言うと大学に入ってからずっと自宅との往復ばかりで、映画なんて観たのは久しぶりなんだ。すごくおもしろかった」

映画のあと、高橋に誘われるまま夕食を一緒に摂っていた。繁華街の近くの少し洒落《しゃれ》たガラス張りのバルは、夕方から酒も出しているので会社帰りの客も多く賑《にぎ》わっている。

映画だけでなく、こういう若者向きの店で友人と食事をするのも久しぶりだった。あまり賑やかな店は苦手なのだが、どうせ叔父もいないのだから遅くなってもいいし、一人で食事をするよりは誰かといるほうが気が紛れる。

「この間のバイト先でもらったんだ。ときどきこういうおいしいオマケがついてくるから、現場の仕事はけっこうお得感がある」

「現場の仕事？　そういえば、バイトは決まったの？」

「結局、派遣の登録にした。イベント関係の現場に入る仕事だ」

派遣なら自分の空いている時間で自由に仕事に入れるし、ときには半日や数時間の短い拘束の仕事もあるらしい。早くても一週間前、ときには前日に話がくる場合もあるので、突然の休講があってもタイミングが合えば入ることもできるので都合がいいらしい。

「堀口はどうする？　よければ俺が登録している会社に紹介するけど、まだそんな気分じゃないのかな？」

すでに両親のことを知っている高橋は、歩がバイトをしたくても気持ちの整理ができていないと思っているのだろう。確かに、そういう部分もある。両親のことでふと塞ぎ込んでしまう瞬間があるのは、以前より少なくなったとはいえ、今でもあることはあった。

ただ、バイトに関しては叔父があまり感心しない様子なので、できれば夏まではこのままでもいいように思っている。叔父が歩の学業を案じていることはわかるし、歩の精神的な部分を案じてくれていることもわかる。だったら、今は経済的に甘えていても無理にバイトに出る必要もないと思っていた。

だが、高橋はまったく違う考えを口にする。

「塞ぐ気持ちはわかるけど、いろんな人と会えば気分転換にもなるだろうし、わざと忙しくしていて考え込まないでいるっていうのも悪くないと思うよ。あまり無責任なことは言えないけど、俺も浪人が決定したときはえらく落ち込んでたから、そのときの経験から言えるのは人間ってクタクタになって何も考えず爆睡したら案外すっきりするってことかな」

両親の死と浪人を同じに考えるわけにはいかないが、高橋の言葉もなんとなく理解できる。叔父との関係に溺れていることも、ある意味この体をクタクタになるまで使っているのと同じだと思うから。

「そうだね。一度叔父にも相談してみるよ」

高橋の言葉に歩が言うと、彼はずいぶんと叔父を慕って信頼しているんだなと笑っていた。もしかしたら、十八にもなって叔父に甘えていると思ったのかもしれない。確かに、そういう部分はあるかもしれない。だが、叔父と歩の関係はそれだけではないのだ。

他人《ひと》には言えない秘密を持っていることで、歩は不思議な気分を味わっていた。これまで自分の人生で、こんな気持ちになったことはない。もちろん、両親に対して小さな嘘や秘密は歳《とし》相応に持っていた。けれど、叔父との関係はあまりにも淫らで、もし誰かがこの事実を知ったならと想像しただけで恐れと同時に心が妖しげに疼くものだった。

これまで、不倫のように不道徳な真似をしていて、悪いことをしている自覚があるのにやめられないという人たちの気持ちがわからなかった。悪いとわかっていればやめればいい。そうすれば、きっとずっと楽になれるのにと思っていた。

でも人の心はそんなに単純なものではないのだ。高橋の前で叔父との仲のよさを感心されながら、歩の心の中にはもっと複雑でドロドロとしたものが渦巻いている。こんな感情はきっと誰にも理解できやしない。

仮面の下で微笑んでいた歩が、食後のコーヒーを飲みながらふと大きなガラス張りの壁から外を見たときだった。

「え……っ?」

一瞬、コーヒーカップを持つ手を宙に止めて、すぐ先の道路の路肩に止まったタクシーを見つめる。

「どうかしたのか?」

同じように外を見た高橋がたずねながら、歩の視線を追っている。そこには、ちょうどタクシーから降りてきた叔父の姿があった。

「叔父さん……」

「えっ、堀口の叔父さん？　一緒に暮らしてるっていう？」

歩の呟きに、高橋がタクシーのそばに立つ叔父を見て驚きの声を上げる。

「マジで叔父さん？　兄貴の間違いじゃなくて？　すっごいきれいな人だな」

高橋は同性ですでに四十になる叔父を見て、感嘆の表情を浮かべている。だが、そんな彼の褒め言葉を上の空で聞いていた歩の視線は、叔父に続いてタクシーから降りてきた男に注がれていた。

（あ、あれは……）

間違いない。あれは叔父の恋人のタカという男だ。叔父は恋人というより、大人のつき合いだと言っていた。その違いはよくわからなかったが、少なくとも叔父は歩を抱くようになってからタカを家に呼んでいる気配はなかった。

でも、家に呼ばなかっただけで、こうして外では会っていたのだろう。朝はフランスからの来客があると言って、いつもよりはフォーマルなスーツ姿で出かけていった。髪型もそれなりに整えていた。なのに、夜の繁華街に降り立った叔父はネクタイを外し、シャツのボタンを二つほど開き、髪型もいつもどおり手櫛で軽く乱している。

タカが叔父の肩に手を回し、二人は親しい友人ともそれ以上の仲とも思わせる様子で人ごみの中に紛れるように歩いていく。

今夜は泊まりだと言っていたのは、フランスからの来客との会食で遅くなるからではなくて、タカとの情事を楽しむためなのだと思った。

「一緒にいた人もスゲェ格好よかったけど、もしかして叔父さんモデルとかじゃないよな?」

「大学でフランス文学を教えてる。翻訳もやっているけど……」

「ええーっ、あれでフランス文学とか教えたら、女子学生が目をハートにして講義中にぶっ倒れるんじゃないか」

「まさか。だって、叔父は……」

同性愛者だ。女性に興味はない。どんなに女子学生がアプローチをしてきたところで、大学内の道徳や倫理観を問う以前の問題だ。だが、危うく言いかけた言葉を歩は呑んだ。高橋はまだ叔父が去っていった方角を見つめながら、しみじみと呟く。

「あれだけ格好よけりゃ、堀口が慕うのも懐くのも納得だな」

そんな言葉に曖昧《あいまい》に笑ってみせたものの、歩の胸の内は穏やかではなかった。あの二人がどこへ行き、今夜どんな夜を一緒に過ごすのかと思うと、ひどく心がかきむしられる。

毎晩のように歩の部屋にきて、この体を抱き締めてくれていた叔父。きっと叔父はあの男より歩のほうが大切なのだと、勝手に思い込んでいた。でも、そうじゃないのかもしれない。

しょせん、自分は甥でしかなくて、まだ十八の子どもで、悪い遊びを教えるのは楽しくても本気で相手にはならないと思っていたのではないだろうか。

考えてみれば、叔父はタカという男に抱かれていた。歩のことは抱いていても、本来の叔父は抱かれるほうが好きなはず。だったら、歩がどんなに従順でいて、望まれるままに淫らになったとしても、叔父を心から満足させることはできないということになる。

今夜、自分は一人なのに、叔父はきっと心ゆくまであの男と淫らなときを過ごすのだ。それを思うと、ひどく恨めしいような、口惜しいような気持ちになる。

そして、生まれて初めて味わう嫉妬《しっと》という感情に翻弄されながら、歩は高橋にわからないように小さな溜息を漏らすのだった。

◆◆

今日はホテルから大学に出勤して、午後には戻っていたらしい叔父は見るからに寝不足気味の顔をしていた。

「昨日は一人で大丈夫だった？」

夕刻になってキッチンに立ち夕飯の用意をしている叔父が、大学から戻り着替えを済ませて手伝いに下りてきた歩にたずねる。

「うん、平気。叔父さんのほうこそ、フランスからのお客さんとの食事会は楽しかった？　久しぶりに会う人だったんでしょう」

「留学時代の大学の教授でね、来日の際には必ずアテンドのご指名がかかるんだよ。彼、すごい親日家だから食べ物にもうるさくてね。毎回、どの店に連れて行こうか悩むんだよね。でも、今回の京懐石は気に入ってくれたみたいだ」

フランスからの来客と一緒に食事をしたのも嘘ではないかもしれない。けれど、タカという男に会っていたのも事実だ。そのことを思うと、歩の心が塞ぐ。

一緒に夕食の席に着いてからも、叔父のシャツの胸元や袖から出ている手首をチラチラと見てしまう。昨夜の情事の痕跡《こんせき》を見つけてやろうというあさましい気持ちからだった。嫉妬という感情は、現実に経験してみればずいぶんと面倒で心が乱れるものだった。

タカというあの男が恋人かどうかはともかく、少なくとも叔父には歩以外に体を重ねる相手がいる。もしかしたら、あのタカという男だけではないかもしれない。もっと疑うならフランスからの客人だって必ず叔父にアテンドを頼むというのだから、特別な感情を持っている可能性もある。

高橋も言っていたように、叔父はとてもきれいだ。年齢も感じさせないし、同性愛者の間ではきっととても魅力的な存在なのだと思う。そんな叔父にとって、甥の自分は特別なのだといつの間にか勝手に思い込んでいた。

同じ屋根の下で暮らし、誰にも言えない秘密を共有し、何よりも血の繋がりのある甥であることが他の誰にも負けない強みだと思っていた。けれど、昨日の夜から急にそんな思いがぐらついてしまった。

甥であることで、自分は結局それ以上にもそれ以下の存在にもなれないのではないか。いつも気にかけてくれてはいるけれど、それはあくまでも甥だからだ。もし自分が叔父と血の繋がりのない他人なら、きっとなんの魅力もない子どもで相手にもされていなかっただろう。

そう思うと、ひどく惨めな気持ちになってしまう。誰にも求められていない自分というものを強く意識してしまい、近頃はかなり安定していた気持ちがまた深く沈み込んでしまいそうになるのだ。

その日の夜は、叔父も疲れていたのか早めに寝室に入ってしまった。歩は一人寝の夜を二日続けて過ごし、火照《ほて》る自分の体を持て余した。

寂しさから自分の股間に手を持っていく。淫らなことをして気持ちが紛れるならそれでいいという、どこか投げやりな気持ちだった。

でも、自慰をしながら思い出すのは、タカという男に抱かれていた叔父のあられもない姿だった。歩を抱いているときとは違う。叔父は乱れながらもタカという男さえ翻弄していたような気もするのだ。なのに、歩はあのときの叔父と同じことをされていても、ただ泣き声をあげているだけだ。

叔父にしてみたら退屈な遊び相手にも足りていない存在なのかもしれない。そう思った途端、歩はひどく情けない気分になって、やがてポロポロと涙をこぼす。やっぱり、自分だけがこの世で必要のない、つまらない人間になってしまったようだ。

眠れない夜、両親が亡くなったときとは違う涙は一人寝の枕《まくら》を冷たく濡らす。このままずっと一人ぼっちだったらどうしよう。まるで街中で迷子になった子どものように、歩の心は寂しく震えているのだった。

叔父がまた外泊をした。今度は週末にかけて、京都《きょうと》のフランス総領事館が主催するフランス語弁論大会の審査と特別公演をするためだ。

これはちゃんとした仕事だとわかっている。今はたまたま翻訳の仕事も立て込んでいるようで、忙しい時期だというのも知っている。

ここへきたばかりの頃は今以上に精神的に不安定だった歩も、叔父との行為に溺れるうちに少しは生きることに前向きになったと思っているのかもしれない。事実、両親の死が歩の中で少しずつ消化され、遠ざかっていきつつあるのは感じていた。

叔父との淫らな関係について、もはや一生知られる恐れがないという安堵感。それは必ずしも正しい形ではないにしろ、家族を失った孤独感を和らげてはくれたと思う。

ただし、その分歩は叔父への依存を自分でも困惑するほどに強くしていた。叔父が歩にばかりかまっていられるわけではないとわかっていても、彼がいないだけで一人取り残された気分を味わい、孤独を噛み締めているのだ。

(こんなのは、どうかしている……)

叔父との関係ができる前は彼が特別講義や学会などで泊まってきても、子どものように寂しがったり拗《す》ねた気分になることはなかった。当たり前のように大学に通い、ちゃんと一人で家のこともして、叔父の帰りを待っていることができた。

なのに、今は叔父に触れられない夜が続くと、飽きられたのだろうか、嫌われたのだろうかと不安になって、どうしたらいいのかわからなくなるのだ。

高校の頃、同じクラスで近隣の女子高にいるアイドル並みに可愛い子に片思いをしてしまった友人がいた。彼女を思うだけで夜も眠れなくなるし、夜中に飛び起きて彼女の家までバイクを走らせ、窓の下で朝まで立っていたなどと言っていた。

一歩間違えればストーカーになりかねない行為だが、周囲の連中は彼女の愛らしさを知っているだけに、友人の思いつめる気持ちも理解できるなどと言っていた。

歩にしてみれば、そこまでなりふり構わず誰かを思う気持ちなど理解ができなかったし、そんなに好きなら、いっそ打ち明ければいいと思っていた。だが、友人は打ち明けてきっぱりふられるくらいなら、このまま遠くから眺めているだけでいいと言った。

あの頃を振り返って、歩は人を思うことを知らない自分がどれだけ無神経で傲慢《ごうまん》だったかを思い知る。今の歩はあの当時の彼と変わらない。

大人のつき合いや仕事が忙しければ歩を抱くこともなく、淡々と日々を過ごしている叔父にあれこれと訊きたいこともあれば、自分のことを好きでいてくれるのかと問いたい思いがある。でも、「歩は可愛い甥っ子だよ」と切り捨てられたらと思うと、怖くてそれもできないのだ。はなから小心者だということはわかっていた。けれど、こんなにも臆病《おくびょう》者だったなんて知らなかっただけ。

人間関係の軋轢を避けてきたことも、自分では上手に周囲とかかわる方法だと思っていた。けれど、それもまた臆病なだけで、自分はやっぱり殻にこもった子どもだという現実を突きつけられる気分だった。

このままでいたらいけないと思う。そもそも、叔父との関係に溺れたままでいられるわけもないのだ。自分は目を覚まさなければならない。

両親の死という絶望に打ちひしがれながら、それでも懸命に「いい子」でいようとしていた頃、歩は見えない何かに押し潰《つぶ》されそうになっていた。そんなとき、叔父の言葉が歩の心を解放してくれた。

『欲望に忠実になればいいんだよ。自分が弱い生き物だと認めてしまえばいい。それが唯一楽になる方法だ』

その言葉のとおりにしたら、歩は本当に楽になった。快感に溺れることで心を解放し、生きていて味わう悲しみが、この体で味わう喜びに変わったのだ。

叔父はもう歩が一人でも大丈夫だと思っているのだろうか。抑圧されたものから解放し、あとは一人で生きていけばいいと考えているのだろうか。

何度も耳元で囁いてくれた「好きだよ」という言葉は、しょせん甥として「好き」というだけの意味で、自分は叔父にとっては何者にもなれない。甥以下ではないかもしれないけれど、甥以上にもなれない。そう思ったとき、歩はまた泣きたくなったけれどこのときは泣かなかった。

もう子どもではない。もう甘えているのもやめよう。ほしいものを手に入れるためなら、自ら手を伸ばせばいいだけだ。流されるままになっている自分と決別して、新しい自分にならなければと思った。

キャンパスはいつもと変わらない。けれど、歩は変わった。歩自身が変わることで周囲も少しずつ変わってきたのがわかった。でも、家の中と違い大学においてのすべてのきっかけは高橋だったと思う。

叔父が忙しさのせいもあって、以前のように歩を抱くことがなくなった頃、高橋とは一緒に映画に行った日から急速に親しくなって、講義の合間や昼休みによく話をするようになった。

それに伴って高橋の友人からも声がかかるようになり、一人で昼食を食べることもなくなった。

高橋の友人たちもまた、いつも一人でいる歩を遠巻きにしながら興味を持っていたようで、一度話をすると途端に打ち解けた感じになった。もっとも、歩の心が完全に彼らに開かれていたかといえば、それはない。

高橋の気遣いで両親については誰もが知りながら話題にしないでくれていたが、歩自身は昼間の仮面をつけて取り繕った笑みを浮かべることもある。

以前なら無理に笑うことさえ億劫《おっくう》で、塞いだ心を開く努力さえ放棄していた。それでも、あの頃は家に戻れば叔父がいた。今は叔父から突き放されたような気分で、何かに縋《すが》らなければ弱い心が今度こそ崩壊してしまいそうなのだ。

そして、その日、講義のあとにいつものように高橋が声をかけてきた。

「どう？　あれからバイトの件は叔父さんに相談してみたか？　なんなら、俺が直接叔父さんに会って説得してもいいぞ。大事な甥っ子の面倒はちゃんと見ますなんてな」

一つ年上なのでそんな言葉を冗談っぽく言っているが、歩はもう知っている。高橋はきっと叔父に直接会いたいのだろう。叔父に魅了される男たちは少なくない。そういう性的指向がない人間の気持ちさえ引き寄せる何かが叔父にはあるのだ。

例えば、有名な芸能人が近くにいたら、男女を問わず特別な下心もなく、ただ会って握手をしたいとか話をしたいと思うものだ。要するに、叔父に対する高橋の気持ちはそういう憧《あこが》れに似たものだと思う。

けれど、叔父に会うまでもなく、歩は叔父によく似た容貌をしているのだ。そして、高橋はそのことに気づいているはずだ。

「ありがとう。でも、叔父さんは好きにすればいいって。それに、僕に友達ができたって言ったら、とても喜んでいたよ」

「えっ、そうなの？　じゃ、今日の午後にでも登録に行くか？　俺も残業手当の申請に事務所に顔を出すから一緒に行ってもいいし」

歩と友達になりたいと言った言葉も上っ面だけのことではなく、高橋は思ったとおりとても面倒見がいい。相変わらず人好きのする笑みを浮かべている彼に、歩は少しだけ体を寄せて甘えるように小首を傾《かし》げて言った。

「そうしてくれると嬉しいな。一人だとまだ、いろいろと不安だから……」

凛々《りり》しい高橋の顔が一瞬だけ困惑の表情になり、すぐに頬が赤くなったのを隠すように俯《うつむ》いた。それを見た歩は心の中でほくそ笑む。叔父にそっくりの容貌をしている自分は、叔父のようになれるだろうか。

もう異性に興味がないことはわかっていた。叔父がそうであるように、歩もまた同性愛者なのだ。同性にしか性的な興奮を覚えないし、抱かれて淫らな真似を強いられるほどに興奮する体なのだ。

叔父が開いた歩のパンドラの箱から飛び出したものは封じる術もなく、己の欲望のままにそれを貪るしかこの体を満たすことはできないような気がしている。

「あの、高橋くんさえよければ、今度うちにきてくれる？　一度きちんと叔父にも紹介したいし、大学で初めての友人だから……」

「えっ、俺が？　いや、も、もちろん、いいけど。なんかちょっと緊張するな。堀口のところって、すごい美形家族だもんな」

高橋の戸惑いは照れからだとわかる。それと同時に好奇心もちゃんと見え隠れしている。カフェテリアで彼からミルクティーをもらったとき、一浪して十九歳だと名乗った彼が自分よりも大人に見えた。けれど、今はそんなこともない。

「高橋くんは彼女はいるの？　そういえば、入学式のときも女の子たちとお茶をしたって言ってたよね」

「ああ、彼女らとはあれっきりかな。今は彼女はいないし、バイトで忙しいし、それに……」

何か言葉を続けかけた彼が、チラッと歩の顔を見て言葉を言い淀《よど》むのがわかった。

「そうなんだ。僕も当分彼女はできそうにないな……」

思わせぶりな言葉を口にしたら、高橋は照れたような笑みを浮かべて頭をかいている。きっと素直な性格なのだろうと思う。こういうタイプは嫌いじゃない。一緒にいたらきっと楽しいと思うから。

そして、その日のうちに歩は高橋に連れられてイベントの派遣会社に登録にいった。面接のときに英語が話せることがわかると、そういう仕事はいくらでもあるからとさっそく近日中にある二、三件の仕事を紹介された。その中で比較的勤務地が近くて、高橋も入る予定だという環境問題を扱ったエクスビジョン会場の案内の仕事に入ることにした。

「英語が得意なんだな。だったら、英語のエッセイは楽勝じゃないか」

「そういう家庭だったから。祖父母も今はシンガポールだしね」

「叔父さんはフランス語だろ。なんかものすごいインターナショナルな一家だな」

高橋は感心したように言うが、歩にしてみればそれが当たり前だと思っていたのだ。それに、そういう高橋自身もジャーナリストを目指しているだけあって、独学で英語はある程度話せるようだった。

「でも、俺はアメリカ映画で勉強したから、日常会話くらいだな。まぁ、通じたらいいって感じ。だから、エッセイとかは苦手だし」

その日常会話ができず、中学から英語を勉強してきたにもかかわらずまた英会話学校に通う人は多い。それに、実際英語圏に行ってしまえば必要なのは日常会話で、誰彼かまわずディベートしているわけでもビジネス会話を交わしているわけでもないのだ。

「ところで、今夜は忙しい？　もしよかったらうちにこない？　一緒に夕食でもどう？　男所帯なんでたいしたものは作れないけど、今夜は叔父さんもいるから紹介したいな」

「えっ、マジで？　でも、いいのかな。なんか急で迷惑じゃないか？」

「叔父さんにはいつでも友達を連れてきていいって言われているから。それに、高橋くんに会えたら、きっと叔父も喜ぶと思うんだ」

「そっか。だったら、お邪魔しようかな」

遠慮気味に言いながらも、高橋は叔父に紹介してもらえると聞いて嬉しそうだった。

「それにしても、堀口って案外……」

「案外、何？」

「いや、もっとおとなしい感じなのかなって思ってたけど、案外思い立ったら行動が早いよな」

「そうでもないよ。でも、高橋くんはなんか話しやすいし、好きだなって思うから」

「え……っ？」

高橋が一瞬慌てた素振りを見せたが、すぐに歩の言葉に大意はないと気づいたようにいつもの笑顔に戻る。

その日の夕方、歩が高橋を連れて帰宅すると、叔父はすでに大学から帰ってきていて、キッチンで夕食の用意をしていた。

叔父には電話で友人を連れていくと連絡しておいたので、にこやかに迎えてくれた。高橋は柄にもなく緊張した面持ちで叔父に頭を下げる。

「高橋です。はじめまして……っていうか、この間街で見かけたんですけど、そのときは挨拶《あいさつ》ができなくて……」

「えっ、街で?」

叔父が少し怪訝《けげん》な顔になる。高橋は以前一緒に映画を観にいった帰りに、食事をしていた店から見かけたときのことを言っているのだろう。だが、あのとき叔父はタカという男と一緒だったので、歩はあえてあの日見かけたことは何も言わずにいた。

「ああ、あの日ね……」

そう呟いた叔父はチラッと歩のほうを見たが、適当にその場をごまかすように話題を変える。

「叔父さん、夕食は何?」

「ああ、歩の好きなラザニアを作っておいた。もうすぐ焼きあがるよ。それから、冷蔵庫にマリネしたビーンズサラダがある。あとはグリーンサラダを作るくらいかな。十分ほどでできるよ」

「じゃ、僕がサラダを作るよ。高橋くんは何か飲みながら待っていてくれる? 何がいいかな? ミルクが駄目で、炭酸がいいんだっけ?」

そう言うと、歩は冷蔵庫からジンジャーエールの小瓶を出してきて、キッチンカウンター越しに手渡した。それを受け取った高橋はカウンターのスツールに腰かけて、叔父と歩が手際よく夕食の用意をするのを感心したようにながめていた。

「すごいな。男二人の家とは思えないくらいきちんとしてるし、料理もできるなんて、本当に堀口ってなんか普通と違う感じだよな。あっ、もちろん、叔父さんも……」

高橋は奇妙なことに感心しているので、歩は小さく笑った。叔父も歩も子どもではないのだから無闇に家の中を散らかすこともないし、そもそも祖父母が住んでいた頃から無駄なものが少ない整った家だったのだ。

叔父も言っていたように、この家で唯一デコラティブだったのは歩の母親が嫁ぐ前まで使っていた部屋で、そこも今では歩の趣味ですっかりシンプルになっている。

また、食事は店で売っている出来合いのものはあまり口に合わないし、外食ばかりでは飽きてしまうので、自然と自分で料理をするようになっただけだ。特に、叔父は二十歳の頃からずっと都内のマンションやパリへの留学生活など一人暮らしが長いから、身の回りのことはなんでもできる。

オーブンの電子音が鳴って、叔父が焼きたてのラザニアの耐熱皿を取り出してくる。歩がテーブルに盛りつけたビーンズサラダとグリーンサラダを置いて、三人分の取り皿とカトラリーを並べた。

叔父はワインのボトルを開けたところで、この家では珍しい三人での夕食を始める。高橋は叔父の作ったラザニアの味に感激し、叔父は高橋に歩がよくしてもらっているようだからと礼を言い、歩は二人を紹介ができてよかったと微笑む。

なごやかな雰囲気で夕食を終えると、歩は高橋を自分の部屋に誘った。

「やっぱり、叔父さんってすごいきれいだな。マジで四十？　絶対見えないよ。そもそも、男だっていうのも不思議なくらいだ」

「うちは歳を取りにくい家系なんだって。それから、なぜかみんな女顔らしい」

以前に叔父がタカに抱かれているときそう言っていた。

「じゃ、堀口もいつまでもそんな感じなのかな？」

「そうかもしれない。こんな顔じゃ、あんまり女の子にもてそうにないや」

女の子にもてたいなんて微塵《みじん》も思っていないがいかにも残念そうに言うと、高橋は懸命に慰めたり励ましたりしてくれる。

「いや、もてると思うよ。最近の女子って男臭いのより、こうユニセックスな感じのほうが好きだろ。ほら、叔父さんみたいなタイプとかさ。叔父さん、独身だって言ってたけど、やっぱりもてすぎて一人に選べなかったってクチか？」

高橋の好奇心はどうしても叔父のことに引き寄せられてしまうらしい。だったら、彼に叔父の秘密を告げたらどんな反応を示すのだろう。そう思ったら、なんだか黙っていられなくなった。話したところで、高橋は偏見で人を見るような人間じゃないとわかっている。

「選べなかったっていうか、女性を選ぶ気がないから。叔父さんはゲイだし、ちゃんと恋人がいるんだ」

「え……っ」

一瞬、高橋の顔が引きつった。だが、すぐに納得したように胸の前で腕組みをして頷いている。

「そうか。あっ、じゃ、この間一緒にタクシーから降りてきたあの人がそう？」

「まぁね」

もちろん、タカはそうに違いない。だが、彼だけではないような気がしている。叔父はきっと大人のつき合いをする相手が何人かいるのだろう。

「じ、じゃ、堀口はどうなんだ？」

高橋の興味が少しばかり歩にも向けられたようだ。それまでベッドに腰かけていた歩は、立ち上がって窓辺にいた高橋のそばに行く。そして、彼の二の腕にそっと触れてから、上目遣いで首を少し傾ける。

「どうなのかな？　自分のことはよくわからないんだ。高校は男子校だったし、どちらかというと進学校だったから、友達もみんな恋愛関係には疎いほうだったしね」

「そうか。でも、どっちでもいいんじゃないの。いまどきあからさまに偏見とか口にしたら、そっちのほうが格好悪いっていうか、気にしない人も多いんじゃないかな」

案の定、彼はそういうことに関してとてもリベラルな意見の持ち主のようだ。そして、今の彼は自分の二の腕に触れる歩の手を意識しているが、あえて何も気づいていないふりで屈託ない笑みを浮かべる。

「よかった。じゃ、僕がもしそうだったとしても、高橋くんには嫌われないってことだよね？」

「そりゃ、もちろん。そんなことで友達やめるようなら、最初から友達になってないし」

「僕、友達が少ないから心配してた。でも、よかった……」

そう呟くと、歩はそっと自分の体を高橋に近づけた。妙に甘ったるい空気が流れている部屋のドアはわずかに開いていた。

微かな足音がして、やがてドアがノックされる。

「歩、いい？　コーヒーを淹《い》れたから飲むかなと思ってね」

叔父の声がして、歩は素早く高橋から離れるとドアを開けにいく。

「ありがとう、叔父さん」

歩が叔父の手から白いマグカップとミルクと砂糖ののったトレイを受け取る。部屋の奥では高橋が所在なげに窓のあたりをうろついているのがわかる。叔父はいつもと変わらない笑顔だ。くだらない小細工をしていると笑っているのかもしれない。それでもいい。叔父の心を引き寄せるための一滴を落とすことができたのなら……。

◆◆

バイトを始めてから週末に家を空けることも増えた。イベント関係の仕事なので、週末に人手が必要になるからだ。

高橋《たかはし》と同じ現場のときもあれば、一人で出向くときもある。ただし、一人のときはあまり遠方や長時間の拘束がある仕事は断るようにしていた。

もうそんな心配はないと思うが、常に人と接している仕事なので、歩《あゆむ》自身の精神状態が何かの拍子に不安定になるのが怖いのだ。

パニック障害のような症状までは起こらないにしても、以前のように突然気持ちが塞《ふさ》ぎ込んでしまわないとはかぎらない。そばに高橋がいればまだ救いの手を差し伸べてもらえるかもしれないが、一人では対処できない場合が怖い。

仕事での失敗がきっかけとなって、また人とのコミュニケーションがうまくできなくなったら困るので、そのあたりは自分である程度コントロールしながらバイトを続けていた。

叔父は歩の成績が落ちていないことを確認すると、とりあえず今のところバイトの件は黙認してくれている。ただし、高橋とのつき合いについてはちょくちょくたずねてくる。

その夜は久しぶりに早く帰宅した叔父が、夕食のあとリビングでワインを飲んでいて、歩も隣のソファで買ってきたばかりの雑誌をパラパラめくりながら食後のコーヒーを飲んでいた。

「ところで、高橋くんとは仲良くやっているの？　なかなか男前だよね、彼は。性格も素直で裏表がなさそうだ」

大学に入って初めてできた歩の友達に対して、叔父は好意的な言葉を並べる。けれど、その目が心から笑っていないことはわかっていた。

「なんだか全然違う性格なのに、彼とは妙に気が合うんだ。それでね、夏休みになったら一緒に旅行に行かないかって誘われているんだ。バイト代も入るし、そうしたら二、三泊くらいで行ってきてもいいかな？」

歩がたずねると、叔父はわずかに表情を曇らせたように見えたが、すぐに笑顔に戻って言う。

「もちろんだよ。同居を始めるときに約束しただろう。互いの生活には干渉し合わない。歩ももう子どもじゃないんだから、自分のことに責任を持って行動するならなんでもやればいい」

「ありがとう、叔父さん」

高橋とは本当に仲良くやっている。彼が歩に優しいのは事実だし、歩と何気なく体が触れたりするときちょっと照れたりしているのはわかっていた。

けれど、そうやって歩を意識しながらも、彼の興味はやっぱり叔父に向けられているのだ。旅行のことも本当は歩から言い出した。長野《ながの》に別荘があるので、叔父と夏に出かけることになったら一緒にこないかと誘ってみたのだ。高橋はもし迷惑でないならぜひ一緒に行きたいと、話だけで大喜びしていた。

高橋はきっとゲイではないと思う。少なくとも、叔父に出会うまではそういう感情を同性に抱いたことはないはずだ。だが、叔父に会って彼がゲイだと知った途端、高橋の中でその可能性が目覚めてしまったのだろう。

叔父はそうやって多くの人を魅了するのだ。思えば、レストランのウエイターでさえ叔父の物憂げな表情をうっとりと眺めていた。街中で何気なく擦れ違った人でも、別荘地で出会った人でも、叔父から視線を外せなくなる人は多い。だから、高橋が叔父に心奪われたことも、何も不思議なことではない。

それでも、歩は高橋の気持ちを叔父に伝える気はないし、どうせ叔父だって高橋のことを相手にするわけもない。ただ、歩は高橋が自分に過剰に親切にしてくれていることだけを叔父に話して聞かせるだけだ。

そうして、少しでもいいから歩のことを案じてくれればいい。自分は叔父にとって「可愛い甥《おい》っ子」ならそれでもいい。だから、もっともっと「甥っ子」のことを案じてくれればいいのだ。

愚かな真似《まね》だと思っている。でも、そんなふうにしか叔父の気持ちを引き寄せる方法が思いつかない。十八の未熟な自分では叔父の気持ちを満たし、その体を楽しませることはできないのだ。だったら、たとえ姑息《こそく》な手段であっても、歩は歩なりのやり方で彼の気持ちを繋《つな》ぎとめておくしかない。

「そういえば、高橋くん、この間合コンで知り合った女の子から交際を申し込まれていたのに断ったみたい。好きな人がいるって言ってた。誰なのか訊《き》いても教えてくれないんだ。彼女ができたら、これまでみたいに僕に構ってくれなくなるのかな。それが少し心配……」

歩が叔父に相談するともなく言うと、叔父は複雑な表情で苦笑を漏らしていた。叔父は歩の隣にやってきて肩に腕を回し抱き締めてくれる。

ここのところ叔父に抱かれることのない日々が続いていた。歩は久しぶりに感じる叔父の温《ぬく》もりと、彼のコロンの香りに身をまかせた。やっぱり、この腕の中がいい。そう思うのに、叔父はもう歩の体を可愛がってはくれないのだろうか。そのことを訊けない自分が歯がゆいけれど、はっきりと叔父から突き放されるのが怖くてやっぱり言葉は出ない。

すると、そんな歩の頰《ほお》を撫《な》でて額にキスをした叔父が言う。

「馬鹿だな。歩を放ってなんかおけるわけがないさ。高橋くんのことはきっと心配ないよ」

そういう叔父自身はどうなのだろう。このまま歩を放り出してしまうのだろうか。それなら、どうしてあんなふうに抱いたのだろう。

恋人との奔放な関係を知られたついでに、両親の死に心を閉ざしてしまいそうな歩を慰めただけなのだろうか。普通の大学生としての生活が送れるようになったなら、あんな遊びはもう終わりだとでも言うのだろうか。それなら、もう一度こんな心は壊れてしまえばいい。

「叔父さん、僕ね……」

彼の胸にもたれながら胸のうちを吐露しようとした。けれど、言えなかった。

夏休暇が近くなり、前期試験が近づくとしばらくバイトは休んで勉強に集中しなければならなかった。レポートはすべて提出して悪くない点数をもらっているので、試験のほうはよっぽどのことがなければ前期で単位を落とすようなことはない。

普段はほとんど図書館を利用することのない高橋とも、近頃はよく学習室で顔を合わせる。試験を無事乗り越えたら、夏はバイトと旅行だと笑顔で言う彼に歩も笑顔を返すものの、心はそれほど晴れやかでもないのだ。

それでも、シンガポールや北海道《ほっかいどう》の祖父母と誰よりも叔父をがっかりさせないために、できるだけいい成績を取りたいとは思っている。

歩が無事試験を終える頃、叔父のほうは試験の採点をし、レポートの評価をしなければならないので忙しそうだった。試験休みに入り、バイトのない日は庭仕事をして過ごしていた。暑くなってくると、途端に雑草が伸びてくるので、近所の手前あまり放置しておくのもみっともないと思ったのだ。

叔父はメガネを片手にこめかみを押さえながら書斎から出てくると、リビングの縁側の窓から顔を出して歩にコーヒーを淹《い》れてくれないかと頼む。歩は庭から戻り洗面台で手を洗うと、キッチンで叔父のためにコーヒーメーカーをセットする。

「まだしばらくかかりそうなの？　学生も大変だけど、教えて採点するほうも大変なんだね」

「誤字脱字、問題のはき違え、どこかの本の丸写し、さらには意味不明……。どうやって評価したらいいのか、俺が偉い人に教えてもらいたいくらいだ」

叔父がげんなりしたように言う。歩も誤字脱字は気をつけているつもりだが、レポートはパソコンの入力なので変換ミスはたまにある。けっして他人事《ひとごと》ではないと思うと、気軽に慰めるわけにも励ますわけにもいかなかった。

「まぁ、でも、今夜には終わるから、ちょっとはのんびりできるかな」

「ここのところ忙しかったものね」

べつに嫌味ではなく歩が漏らすと、叔父はチラリとこちらを見て苦笑を漏らしていた。

「そうだね。そろそろいいかもしれないな」

何がとたずねようとしたら、叔父が歩の淹れたコーヒーの入ったマグカップを持ってまた書斎に戻っていく。

「ああ、そうだ。夏休みは高橋くんと旅行だったっけ？」

「えっ、う、うん……」

もしかして、いまさら駄目だというつもりだろうか。どっちにしろ、歩には高橋と一緒に旅行に行くつもりはない。別荘は叔父も言っていたように、親族以外の人間と過ごしたい場所ではない。だが、叔父はにっこり笑うと言った。

「そう。行けるといいね」

そのときはどういう意味かわからなかった。ただ、叔父の笑みが妙に意味深な感じがして、歩の心に小さな不安の染みができたような気がした。

そして、その日の夜、叔父は夕食後にまた二時間ほど書斎にこもってからレポートの採点を終え、外したメガネを片手に背伸びをしながらリビングに戻ってきた。

歩はもうシャワーも終えてベッドに入るところだったが、眠る前に冷たい水が飲みたくなって階下に下りてきたところだった。

「叔父さん、予定どおり、全部終了」

「ああ、終わったの？」

「よかったね。これでゆっくり眠れるね」

近頃寝不足気味の叔父に何気なく言った歩だったが、なぜかちょっと難しい顔になって首を横に振る。

「そうもいかないんだ。今夜はまだやらなくちゃならないことがあるんでね」

まだ翻訳の仕事でも残っているのだろうか。叔父は食器棚からワイングラスを取り出しながら、片手で携帯電話のメールをチェックしている。

「あまり無理をしないでね。じゃ、僕は部屋に行くから」

それだけ言い残してリビングを出る歩に、叔父はワイングラスをちょっと持ち上げてみせる。

「じゃ、あとでね」

それを言うなら「また明日ね」じゃないのかなと思ったが、きっと叔父も疲れているのだろう。これから冷蔵庫で冷やした白ワインを飲みながら、翻訳の仕事をするつもりなのだ。

翻訳の仕事では、下訳されたものを叔父が完成原稿に仕上げる場合が多い。だが、中には下訳から自分でやる作品もあって、そういう場合第一稿はかなり大雑把《おおざっぱ》なものだそうだ。ワインを飲みながらやれるのもそこまでで、細かい推敲《すいこう》や見直しになるとてもほろ酔いではやれなくなるという。

歩が二階の自室のベッドに入るとき、いつも携帯電話のアラームをセットする。明日はまだ試験休み中なので、それほど早起きはしなくてもいい。適当な時間に起きて朝食を作り、午前中の涼しい間に今日の続きの庭の草取りをしようと思っていた。

午前八時にアラームをセットして、枕《まくら》のそばに置いたところでメールの着信音が鳴る。見れば高橋からだった。この試験休み中に一度会おうという誘いだった。特にこれといって用事はないみたいだが、先日ちょっと水を向けた別荘の件を気にしているのかもしれない。

叔父の気を引きたくて、高橋を利用していることは悪いと思っている。でも、やっぱり別荘の件は何か理由をつけて断ろうと思っていた。祖父母や両親との思い出もあるが、何よりも叔父との思い出がありすぎて、他人と一緒にあそこで時間を過ごす気にはなれないのだ。

とりあえず、明日にでも電話をするとメールを打ったところで、家の前に車がやってきたのがわかった。時刻はすでに深夜を少し回っている。この時間になると人通りも車の往来もほとんどなくなる閑静な住宅街なので、車の音はよく響く。

遅くにタクシーを利用して帰宅した近隣の人だろうか。だが、車のドアの開閉の音は歩の部屋の窓のすぐ下あたりで聞こえた。

(うちじゃないよね。叔父さんはいるし……)

そう思ったとき、階下で何か物音がした。こんな時間に来客のはずがない。歩がベッドから下りて窓辺に行き、カーテンをめくって外を確認しようとしたそのときだった。

「おや、まだ起きていたの?」

いきなり叔父の声がして振り返ると、部屋のドアが開いていてワイングラスを持った叔父がそこに立っている。

「叔父さん、仕事は……?」

歩の質問に叔父は答えない。ただ、いつもの笑顔を浮かべているだけだ。いや、違う。それはいつもの笑顔じゃない。それはあきらかに夜の仮面をつけた叔父だった。

歩の背筋がゾクリと震える。今夜は待ち望んでいた夜になるのだろうか。さっきの車の音などもうどうでもよくなって、歩は潤んだ瞳で自分に似た、けれど自分よりもずっと美しい叔父の顔を見上げる。

「夜更かしをしていては駄目だな。深夜を過ぎると……」

「過ぎると、何……？」

歩が震える声でたずねる。

「深夜を過ぎると『魔』がくるんだ。俺が夏を過ごしたあの村では、そんな言い伝えがあった」

「あの村ってどこ？」

「パリの郊外だよ。古くからの因習が残っていて、人々は保守的で今でも呪《のろ》いや精霊信仰も残っているような場所だ。でも、きれいな村でね、俺はあそこで過ごす休暇が大好きだった。ああ、そういえば、達彦《たつひこ》さんも一度訪ねてきてくれたな」

叔父が遠い目をして言ったとき、歩の中で疑問符が浮かんだ。それは他でもない、亡くなった父親の名前だ。けれど、どうして父が叔父の留学先を訪ねていったのだろう。

叔父がフランスに留学していた頃といえば、ちょうど母親が歩を身ごもっていた時期だ。だが、その頃にはすでに父親は伯父の会社で働いていたし海外出張にも出ていたから、留学中の叔父を訪ねたというのは奇妙な話でもないのだが、一緒に休暇を過ごしたという話は初めて聞いた。

「父さんも訪ねた村？　夜に『魔』がくるってどういう意味なの？」

「悪い子に罰を与えるってことだ」

それは自分のことだろうか。叔父の口から発せられる「罰」という言葉の響きに、歩はうっとりと蕩《とろ》けていく自分の心を感じていた。

「僕は悪い子なのかな?」

しらばっくれてみた。叔父は全部知っているような気がする。でも、歩もまた夜の仮面をつけている。叔父ほど美しい仮面ではないかもしれないけれど、小さな嘘をつくくらいはなんでもない。

叔父は手にしていたグラスを口に持っていき、ワインを一口飲むと溜息《ためいき》を一つ漏らす。ここのところ忙しくて疲れている彼のひどく物憂げな様子は、四十という年齢を感じさせるどころか、むしろ妖《あや》しげな魅惑を漂わせていた。

叔父は本当に奇妙な生き物なのかもしれない。あの日タカという男が言っていたように、奇跡のような体と美貌《びぼう》を保ち続けているのだから。

「そうだな。歩は悪い子だ。まずは嘘をついた。相手の気持ちを試した。そのために誰かを利用した。すべては愛欲に溺《おぼ》れたからだ」

やっぱり叔父はすべてを知っていた。けれど、それを責められたくはない。歩がこうなったのは、すべて叔父のせいだ。叔父こそが歩に爛《ただ》れた愛欲を教えた張本人なのだ。だから、拗《す》ねたように訴える。

「僕は何も知らなかったんだ。でも、もう今は違う。一度覚えたことを忘れることはできないよ。だって、人はそんなふうにできているんだもの」

　歩は両親の死によって学んだことがある。それは、学ばざるを得なかったことばかりだ。そして、一度知ってしまったことを忘れることはできない。それほどに甘美な快感を忘れて生きていくなんて、目の前にある甘い蜜《みつ》の味を知りながら、手を伸ばすことなく生きていくようなものだ。

　そんな味気のない人生に意味があるとは思えない。きっと叔父も若かりし頃に歩と同じ思いを抱き、今の彼があるのだろう。だったら、歩のこの気持ちがわかるはず。

　だから、叔父に対して歩は問いかけるような視線を向けた。すると、叔父は歩のその視線を受けて、次の瞬間声を上げて笑い出した。何がそんなにおかしいのかと驚き、歩が慌てるほどの笑い声だった。どんなに愉快なときでさえ、こんなふうに声を上げ、身を捩《よじ》るようにして笑う彼の姿を見たことがない。

　自分がひどく的外れなことを言ってしまったのだろうかと焦ったが、どうにか笑いをこらえて目尻《めじり》の涙を拭《ぬぐ》った叔父が言う。

「まいったな。歩は本当に俺と同じだ。まるで俺そのものだ。どうしようね。俺は嬉《うれ》しいのか悲しいのかわからなくなってきたよ」

　叔父のそんな言葉の意味がわからない。それでも、叔父がワイングラスを片手に近づいてくるのを見ているだけで、歩の心はもう彼に対して微塵《みじん》の抵抗さえも忘れてしまう。

彼の手が自分に触れたら、彼の唇がこの頬や額に押し当てられたら、あるいは彼の吐息が自分の耳にかかっただけでも、きっと飢えた自分の体は溶けて床に崩れ落ちてしまうだろう。

歩の存在そのものが叔父の手のひらの上にあって、もはや抗《あらが》うことなどできないのだ。そんな自分でも叔父の心をいくらか乱すことができただろうか。嬉しいとか悲しいとか、叔父は本気で言っているのだろうか。

「さぁ、歩、最後のレッスンが残っているよ。今度こそ本当に最後のレッスンになるだろう」

彼の心にはまだ歩の知らないものが潜んでいる。そう悟ったのはこの瞬間だった。そして、それは歩を新たな恐怖に陥れるのに充分だった。

逃れることのできない好奇心と、あさましいほどに求めてしまう肉欲。さらには叔父だけが知るなんらかの真実。最後のレッスンは歩に何を与えてくれるのだろう。この身が溺れるほどの快感の向こうに何が潜んでいるのだろう。

両親の死から自分はまるで複雑な迷路に迷い込んでしまったような心持ちでいた。どちらに向かって進めばいいのかわからずに、暗闇《くらやみ》の中で怯《おび》え震えていた。

そんな迷路の中にいて、唯一逃げ込める場所があったとすればそれは叔父の腕の中だった。何をされても何を言われても愛されていると信じてきた。今もそれを信じている。だから、歩は不安を押し殺し、唇を嚙《か》み締めたまま、また叔父の腕の中へこの身をゆだねるだけだ。

最後のレッスンを受けるため、叔父のそばまで歩いていくと歩は自ら両手を揃《そろ》えて差し出した。絶対的な降伏の印。これがまだ拙《つたな》い歩なりの愛だった。

◆◆

最後のレッスンを受ける覚悟はできているはずだった。

「いやだ。どうして……?」

なのに、歩はなぜなのかと叔父に問わざるを得なかった。この状況はあまりにも不可解で、歩にとっては望んでいたこととも想像していたこととも大きくかけ離れている。

「あれほど手を出すなと言っていたくせに、どういう心境の変化だ? わざと見せつけるだけじゃ物足りなくなったか?」

楽しそうにそう言いながら、スーツの上着を脱いでネクタイを外しているのはタカだ。さっきの車の音は、彼がやってきたときに使ったタクシーだったのだ。もちろん、タカを呼んだのは叔父だった。彼には彼の計画があったらしい。

「歩もそろそろ大人にならないといけない年齢になったのでね。そのためにはおまえの力が必要なだけだ。何も好き勝手にしていいとは言ってないからそのつもりで」

叔父はワイングラスを片手に歩のデスクの前に座り、片手で頬杖《ほおづえ》をついて言う。デスクの上にはボトルがある。長い夜に備えて叔父が持ってきていて、さっきからグラスが空になることはない。

叔父のその優雅な姿に引き換え、歩といえばこれ以上ないほど惨めな姿でいる。いったい、この夜に何が起こっているのかと問いたいけれど、彼らの会話を聞けばもはや問うまでもないことはわかっていた。

歩はただ叔父の気持ちを引きつけていたかっただけ。お仕置きでも罰でも、新しい勉強でもかまわないと思っていた。どんな辱《はずかし》めも耐えられるはずだった。でも、叔父はそんなことで自分の手を使うことはなかった。

「叔父さん、どうして……？　ねぇ、僕をどうするつもりなの？　わざとってどういう意味？　あの日のことは……？」

もしかして、あれは叔父がわざと歩に自分の情事を見せつけたということなのだろうか。いったい、何が目的でそんな真似をしたのだろう。

歩が身に着けていた洋服を脱がされたのはあっという間だった。抵抗しなかったわけではない。だが、タカは容赦がなかった。たくましい体や筋肉のついた腕はけっして飾りではなく、簡単に歩をねじ伏せた。

後ろ手に縛られるのは初めてではない。以前に叔父にされたことがある。けれど、叔父以外の誰かにされればこんなにも屈辱に感じられる。

裸体で両手の自由を奪われて、惨めに床にうつ伏せているばかり。そして、この状態をどうすることもできないでいる。

「ねぇ、叔父さん。お願いだから、こんなのはいやだよ」

不安に震える声で叔父に訴える言葉に、優しげな作り声で答えるのはタカだった。

「可哀想にな。だが、おまえのきれいな叔父さんは、心の中まできれいなわけじゃない。自分のいやらしい姿を見せつけて、無垢《むく》な甥っ子をそそのかすくらいどうってこともない。こいつの心の中には『魔』が住んでいるんだよ。わかるか？　『悪魔』の『魔』だよ」

タカの言葉に叔父はさもおかしそうに忍び声を漏らして笑っている。まるで極上のほめ言葉でも聞いているようにうっとりとした表情だった。

「どうして？　あなたは叔父さんの恋人なんでしょう？　だったら、なんでこんなこと……」

恋人の甥に不埒《ふらち》な真似をすることをなんとも思わないのだろうか。どうして薄ら笑いを浮かべながら、歩の体を撫で回したりできるのだろう。

「恋人ねぇ。俺はそれでもいいんだが、直人《なおと》のほうは認めないいんじゃないか。なぁ、俺じゃ役不足だと思ってるんだろう？」

タカが肩を竦《すく》め叔父のほうを見て、わざと嫌味っぽい口調で訊いた。叔父は口元を押さえてクスクスと笑い、切れ長の目を細めている。恐ろしいほど魅惑的な笑みだ。

「タカは悪くないよ。俺をかなり満足させてくれるからね。でも、恋人にするには誠実さが足りない。心がないいんだよね」

それを聞いて今度はタカが鼻で笑った。

「心がない男に心がないと言われるとはな。おい、歩っていったな。俺にはおまえが哀れに見えるよ。とんでもない化け物を身内に持っているんだからな」

タカは叔父を化け物だという。そうかもしれない。叔父は恐ろしい人間だと歩ももう知っている。彼は自分の持つ仮面を使い分けて、自分のほしい人間を思いのままにすることができるのだ。

タカが言っているとおり、他人ならかかわらずに逃げることもできる。だが、歩は切れない血の繋がりがある。そして、叔父は歩を自分の「魔」に引き込もうとしている。

いや、すでに引き込まれているのだ。だから、歩はこんなになってもやっぱり叔父がいいと思うのだ。

「でも、僕はいやだよ。叔父さん以外の人はいやだ……」

「へぇ？　そうなの？　じゃ、高橋くんは？　彼とならそういうことをしてもいいと思っているんじゃないの？」

やっぱり、叔父は歩が高橋に興味を持っていると思っているのだろうか。歩が自分から離れていこうとしていると思い、少しは寂しく思ったり嫉妬《しっと》を感じてくれたりしたのだろうか。

「違うっ、違うもの。高橋くんとはなんでもないよ」

歩は懸命に叔父に訴える。わざと誤解を招くような真似をした。でも、それはすべて叔父の気を引きたかったから。本当は高橋に友達以上の興味はない。彼とはいい友人になれると思うけれど、彼の手はきっと歩を満たしてくれることはない。そして、彼の心も歩には向いていないのだ。

歩がそのことを言ってしまおうかどうか迷っていたとき、叔父はゆっくりと椅子《いす》から立ち上がりグラスを手にしたまま腕を組んだ。そして、歩のそばまでくると床に膝《ひざ》をつき、惨めに丸まった背中にそっと触れて言う。

「そうだよね。高橋くんとはなんでもないだろう。だって、彼が本当に興味を持っているのは歩じゃない。俺のほうだものね。それに、夏の旅行だって、歩と行きたいわけじゃない。俺と一緒に別荘に行けるなら嬉しいって言っていたよ」

「えっ、ど、どうして、それを……？」

叔父は床に這《は》い蹲《つくば》るペットをなだめるように歩の頭を撫でている。

「歩の元気がないので、大学にいるときの様子を教えてほしいと連絡を入れたんだ。彼ね、待ち合わせのカフェまですぐに会いにきてくれたよ」

歩が驚いて頭を上げ、叔父の顔を凝視する。高橋は一言もそんなことは言っていなかった。

「もちろん、歩には内緒にしておいてくれと釘《くぎ》を刺しておいた。おせっかいで過保護な叔父だと思われたくないからってね。彼、素直ないい子じゃないか。役に立てることがあればいつでも言ってくださいなんて、顔を真っ赤にして言っていたよ」

高橋を利用して叔父を試しているつもりだったのに、やっぱり何もかも見透かされていたというわけだ。でも、叔父は高橋に歩の様子をたずねたのだ。その事実だけは間違いない。だから、このときばかりは歩も少しだけ得意げに言ったのだ。

「高橋くんが誰を好きかなんてどうでもいいよ。でも、叔父さんは僕が彼と何かあったのか気にしてくれたの？　僕が彼と何かあったらいやだって思ってくれ……」

最後まで問う前に、叔父のワイングラスを持っていないほうの手が歩の頬を打った。一瞬、自分の身に何が起きたのかわからなかった。親にもぶたれたことがない。小さい頃から知らずに危ない真似をしても、庭の花を折ったときも、祖父母も両親も歩の手のひらさえ打つことはなかった。

なのに、叔父が歩の頬を打ったのだ。けっして強くはなかった。それでも、初めての経験のそれは衝撃的だった。セックスのときに縛られたり乳首や性器を強く握られるのとは違う。

はっきりと叔父が何かに怒っているとわかって、歩は怯えと同時に困惑していた。高橋のことがそんなにも叔父の気に障ったのだろうか。どんな目に遭っても叔父に嫌われたくはない。そう思っている歩が咄嗟《とっさ》に謝らなければと思ったときだった。

泣きそうな顔で叔父を見上げると、彼が隣にいたタカに小さく合図を送ったのがわかった。タカは迷うことなく叔父の望んでいることをする。それは歩の口を塞ぐことだ。

白い長いスカーフがまずは口に噛まされる。両端が後ろに回されて、それがさらにもう一度口の周囲を覆ってから、再度後ろで縛られた。呼吸はできるが苦しいし、呻《うめ》き声すらほとんど出せない。

「もう何も言わなくてもいいよ。これからは俺の話を聞く時間だ。でも、ただ聞いているだけじゃつまらないだろう。心配しなくていい。歩が俺の長い告白を聞きながら退屈しないように、タカがちゃんと遊んでくれるから」

叔父の言葉に従うようにタカは歩の二の腕を乱暴に引っ張って立たせると、そのままベッドへと引きずっていく。叔父はまたさっきの椅子に戻り、デスクの上のボトルからグラスにワインを注いでいる。そして、白ワインで口の中を湿らせてから足を組んでこちらを向き直った。

「んん……っ、んぐぅ……っ」

歩が呻き声を上げたのは、タカの手が歩の髪を乱暴につかんだから。

「おい、口を塞がれたからって不満そうな顔をすんなよ。こっちだって本当ならその口で一発抜きたいところだったんだ。だが、叔父さんが駄目だって言うからしょうがない。その分、下の口で目一杯遊んでやるから覚悟しておけよ」

「当然だろ。歩の唇はそう簡単に汚させやしないよ。大切な甥っ子なんだからね」

　叔父の言っていることとやっていることの違いに、タカは呆《あき》れたように笑っていた。

「とりあえず、叔父さんの前で一発出すか？　恥ずかしい格好もうさんざん見られているんだろう？　だったら、どうってこともないだろう」

　そう言うと、タカはベッドの上に座った自分の膝の上に歩を抱き上げ、叔父のほうに向けて両膝を大きく割らせた。

「おやおや、叔父さんの教育がいいらしい。見られるだけで半勃起《はんぼっき》か。それとも、淫らな血は叔父さん譲りか？　将来が楽しみなこった」

　タカは言葉で辱めながら、歩の股間を叔父の前で擦《こす》り上げる。口を塞がれたまま呻き声を漏らし、懸命に身を捩る歩を見つめながら叔父が小さな溜息をついた。

「本当に、二十数年前の自分を見るようだな。俺もそうやってこの体を何度も開かれたよ。そう、最初のうちは怖かったし、いけないことだと思っていたんだ。ついこの間までの歩のようにね。でも、会うたびに言葉巧みに俺の心の中に手を忍び込ませてきて、気がつけば胸の奥深くにしまってあった俺だけの秘密の箱の蓋《ふた》が開けられてしまった」

　タカが歩の股間を擦り上げながら、片方の手では乳首を摘み上げて指の腹で強く押す。その刺激で何度も身を震わせるが、それでも叔父の言葉を聞いていると何か奇妙な感覚を覚える。叔父は彼自身のことを語っているのに、なぜか歩のことを話しているのではないかと思えるのだ。

「箱の中には人に見せられないもの、見せたくないもの、ずっと秘密にしておくはずだったものがいっぱい詰まっていた。不安、怯え、孤独、羞恥《しゅうち》、欲望……。どれもこれもそっと箱の中で飼い慣らしていたのに、甘い言葉や優しい愛撫に溺れていくうちにそれらは箱の中でますます抑圧されて、出口のない暗闇の中で膨張し続けていたんだ」

「んんぁ……っ、くぅ……っ」

叔父の言葉はますます歩を混乱させる。彼はいったい何について話しているのか、それを歩に聞かせる意味はどこにあるのか、そのときはまだわからずに身悶《みもだ》えているばかりだった。

「下の穴がものほしそうだな。とりあえず、指で我慢しておきな。あとででかいのを突っ込んでかき回してやるから」

タカが耳元で下卑《げび》た笑みとともに囁《ささや》く。そして、窄《すぼ》まりに潤滑剤をすくい取った指を押し込まれる。叔父の細い指と違い太く節くれだった指がいきなり二本押し込まれて、体を仰《の》け反《ぞ》らせると出せない声を喉《のど》の奥で張り上げた。

すると、叔父が椅子から立ち上がり、ベッドのところまできてそこでしゃがみ込んだ。ちょうどベッドの上で大きく足を割られている歩の股間の前だ。タカの指が出入りする歩の後ろの窄まりを見ながら話を続ける。

「そう、後ろを覚えるのも時間の問題だった。一問解いたら一度キス。一問間違えたら一度の罰。それが決まりになっていたからね。俺はね、彼のキスも好きだったけれど、罰のほうがいつしか好きになっていて、知っている問題でもわざと間違えるようになった。課題を忘れても罰だ。だから、わざと課題もやらずにいたよ」

その言葉は聞き覚えがある。以前、別荘で抱かれたとき、手で前に触らずいかなければならないのに、歩が決まりを破ったときだ。

『約束を一つ破ると一つの罰だ。これは決まりなんだよ』

叔父も誰かにそのルールを教えられたということだろうか。いったい、誰がそんなルールを決めたのだろう。タカの愛撫に今にもいってしまいそうになっている歩自身を、叔父の細く白い指先がピシリと弾《はじ》いた。その痛みで一瞬歩の体が硬直する。勃起していたものもわずかに萎《な》える。それを見て叔父はおかしそうに笑う。

「俺も歩のように子どもだったんだ。そう、何も知らない、真っ白な子どもだ。ところが、俺の中の黒いものがいっぱい詰まった箱の蓋は開けられ、中から飛び出してきたそれらはもう二度と箱の中には戻すことはできなくなった。俺の中は一度『無』になり、それから『魔』が詰まった……」

「そのほうがあんたには似合ってるけどな。それに、どうせいずれは誰かが開けていた箱の蓋だろう」

タカが少しばかり叔父の言葉を茶化すように言う。叔父は不敵な笑みとともに彼を見上げる。と同時に、タカの愛撫に身悶え続け、目尻から涙をこぼしている歩に向かって呟《つぶや》くように言った。

「そう、いずれは誰かが開けていたパンドラの箱だ。けれどね、それが達彦さんの手でなければ、俺の人生は違っていたかもしれない……」

一瞬、歩の喘ぎ声が止まった。

歩はタカの愛撫の快感も忘れ、呆然《ぼうぜん》と目を見開いてゆっくりと首を横に振った。両手を縛られ口も塞がれ、何でどう否定したらいいのかわからないから、とにかく首を振ることしかできなかったのだ。

なぜその名前が出てくるのかわからない。叔父が「達彦さん」と呼ぶのは歩の父だけだ。他の誰でもない。

（嘘だ、嘘だ……っ、嘘だっ）

歩は心の中で何度も叫んでいた。叔父はそんな歩の胸の内を見通したかのように微笑《ほほえ》んでいる。

「信じられないかい？　でも、真実だよ。高校生になったばかりの俺にすべてを教えたのは達彦さんなんだ。彼ね、あの頃からスマートで知的でお洒落《しゃれ》だったよ。そして、俺にはとても大人に見えた。俺は彼に憧《あこが》れて、いつだって彼のそばにいると胸が痛いくらいときめいた」

叔父は当時のことを思い出しているのか、どこか遠い目をしながらも楽しそうだった。

「だから、悪い遊びを教えられたとき、俺は簡単にそれに溺れたよ。二人だけの秘密だと言われれば、いよいよ夢中になった」

それは、まるっきり歩自身だ。叔父は歩の父に教えられたことを、すべて歩に教えてきたということだろうか。タカの腕の中であられもない格好のまま、歩はショックのあまり呆然と叔父を見つめる。

「あの人、ああ見えてサディスティックなところがあったんだ。最初は両手首をバンダナで軽く縛るだけだった。けれど、教えにくるたびに新しい課題が増えていった。目隠しをして打たれたり、拘束されたままでする口での愛撫、自分で慰めて果てる姿も何度も見せたっけ」

それは、叔父と歩の父親の淫らな過去のさまざまだった。一人の男として理想でもあった父の知られざる一面を突きつけられ狼狽《ろうばい》する歩をよそに、叔父は夢見るような目をして話してくれる。

「その頃の調教のせいで、おまえの叔父さんはすっかり変態だ。普通のセックスじゃ燃えない。ひどくされないと興奮できない体になっちまったってことだ」

楽しそうにタカもまた叔父の告白に言葉を挟む。

歩は叔父がタカと昼下がりに抱き合っていたときのことを思い出していた。確かに、叔父はそんなふうだった。そして、歩に対して調教と呼べるような行為を強いてきた。

叔父は歩の前から立ち上がると、部屋の中を歩き回りながら続ける。その口調は相変わらず穏やかで、まるで大学の講義でもしているかのようだった。

「そのうち鏡の前でもやらされた。自分の惨めな姿を見て、それを全部言葉にするように強いられた。もちろん、道具も使われたよ。歩を可愛がっているような代物じゃない。そうだな、タカのものみたいに大きくて、グロテスクなやつだったな」

　叔父は勃起しているタカ自身を指差して笑う。

「グロテスクとは言ってくれるな。こいつで何度も啼《な》いてんのはどこのどいつだよ」

「そう。タカのはいいよ。俺にあのときのことを思い出させてくれる。それを突っ込まれていると、なんだかノスタルジックな気分になれるんでね」

　父親との思い出をノスタルジックと言う。けれど、歩には眩暈《めまい》がしそうな叔父の告白だった。

「達彦さんは俺が恥ずかしがって泣くと、とても興奮していたよ。でも、俺は泣きながらも、彼を喜ばせていることを少しだけ得意に思っていた。誰も彼のこんな淫らな欲求に応《こた》えることなどできないと思っていたからね。誰よりも愛されているのは自分で、こんな時間がずっと続けばいいと思っていたよ」

　そう言ったあと、叔父はふと寂しそうな目になって「無理なのにね」と呟き、肩を落とした。

　そんなときが続くわけもない。事実、父は叔父が高校三年になる頃には家庭教師を辞めていた。父のほうが大学を卒業して就職したからだ。

「社会人になった途端、連絡は途切れたよ。今のように携帯電話やメールがあった時代じゃない。自分から連絡を取る方法もなかったよ。勇気を出して彼の部屋に電話したこともあるけどね、留守番電話にメッセージも残せなかった」

そして、父親からも折り返し連絡はなく、二人の関係は途切れたという。

「なのに、彼はまた突然俺の目の前に現れたんだ。今度は姉さんの婚約者としてね。そのときの俺の驚きったら、もうね笑えてくるほどに頰が強張《こわば》っていたと思うよ」

実際、叔父はそのときのことを思い出しているのか、彼らしくもなく引きつった声を上げて笑う。当時の父は数年あまりの月日で社会人としての落ち着きを身につけ、堂々とした様子で母と結婚したいと祖父母に挨拶《あいさつ》にきたらしい。

「若い頃の馬鹿げた遊びなどもうすっかり卒業したという顔だったね。それから、俺には無体な真似を強いていたくせに、女性にはずいぶんと優しかったようだよ。あれだけもてても姉さんと一緒になってからは、一度も浮気はしていなかったからね」

どうして叔父がそんなことを知っているのだろう。歩の両親が結婚してから、もしかして叔父は父と腹を割って話したとでもいうのだろうか。

すると、歩の疑問を察した叔父が意味深な笑みを浮かべた。それはまた歩の不安をかき立てて怯えさせる。これ以上の事実を自分が受け入れることができるのかどうか、心も体もすでに限界を迎えようとしていた。

「あれは姉さんが歩を妊娠しているときだったな。俺のフランス留学中に、パリに出張できていた達彦さんと一緒に休暇を過ごしたことがある」

歩がハッとして目を見開いたので、叔父が笑って頷《うなず》いた。

「そう、さっき話したよね。あのパリ郊外の村で数日間、彼と一緒に過ごしたよ。すっかり変わってしまい、彼はいい夫になっていた。そして、間もなく父親になろうとしていた。俺との過去を悔やみながらも、姉を心から愛していると言っていた。俺たちは深夜を過ぎてもずっと話し続けたよ。自分たちのおぞましい過去を清算するためにね」

深夜を過ぎても起きていると、「魔」が心に忍び込むという言い伝えのある村だったという。その夜、叔父と父の心に「魔」はやってきたのだろうか。少なくとも、叔父の心にはそれが忍び込んだのだろう。

「そう、彼の心には姉さんがいて、やがて生まれてくる小さな命があった。だから、『魔』が入り込む隙《すき》なんかなかったんだよ。でもね、俺の心の奥の箱はあの日彼の手で開けられてからというもの、ずっと空っぽのままだったから……」

だからこそ、妖しげなものが忍び込んできたというのだろうか。少なくとも、タカはそれを疑っていないようだ。

「言っただろう。俺は同情するってな。おまえの叔父さんはそういう人間だ。だからこそ、魅力的なんだろうけどな。俺だって、この人から離れたくても離れられないでいるんだ。ましてやおまえのようなガキが太刀打ちできる相手じゃない」

何を生業にしているのかわからない怪しげな男だ。けれど、彼もまた叔父に囚《とら》われた男の一人なのだ。

「うう……っ、んっ、んん……っ」

歩は塞がれた口から呻き声を漏らし、涙が溢《あふ》れてくるのを拭うこともできないまま、じっと叔父を見つめていた。

叔父は夜の仮面をつけて、歩に彼の過去を告白した。おぞましい過去だったと思う。歩の両親が事故で亡くなるまで、叔父はどんな気持ちで生きてきたのだろう。今になって思い返せば、彼の複雑な思いがそのときどきの記憶の中に蘇《よみがえ》る。

歩の叔父との最初の記憶は、この家のリビングで遊んでもらい高く抱き上げられたときのことだ。それから、何度も彼の膝の上で絵本を読んでもらった。

何も知らない姉が歩の面倒を見る叔父に、自分も結婚して子どもを作ればいいのになどと言っていたことも覚えている。父と叔父はいくつになっても少し遠慮のようなものがあるふうだった。それは、ずっと昔の家庭教師と生徒だったときの名残《なごり》なのかと思っていた。だが、二人は二人にしかわからない複雑な関係を封印しながら、暮らしてきたということだ。

叔父は歩を抱き上げるとき、どんな気持ちでいたのだろう。そこに一抹の憎しみはなかったのだろうか。抱き上げる瞬間、そのまま小さな体を床に叩《たた》きつけてやりたいという衝動は起きなかっただろうか。

けれど、歩は何一つ気づくこともなく、また叔父の自分への愛情を疑うこともなくこの歳《とし》まで生きてきた。あるいは、両親があんな不幸な事故で亡くなることがなければ、今もまだ何も知らないままでいたかもしれない。幸せの崩壊はあの日から始まったのだ。

遠い日、叔父の心にあったパンドラの箱を歩の父親が開いた。父でなくても誰かが開いていたはずのそれに手をかけたのは、父の若い日の欲望だったのか、あるいはそれが運命だったのだろうか。

そして、父と母が他界したことで、いずれは誰かの手で開かれていただろう歩の心の奥の箱を今度は叔父が開いた。これは宿命なのか、それとも叔父の「魔」が成したことなのだろうか。

答えなどどこにもないとわかっている。あったとしても、それを知って何になるのだろう。叔父は叔父のままで生きることしかできなかっただろうし、歩もまた両親が生きていたとしても自分がどういう人間であるかいずれは自覚していたはずだ。

この世には誰にも止められないものがある。運命でも宿命でもいい。そこにしかない自分が、確かにこの世には存在するのだ。あられもない姿で身悶えながら叔父の告白を聞いた歩は、自分も叔父と同じ仮面を持っていることを、今はっきりと自覚した。

そして、それはどんなに間違ったことであったとしても、歩にとって怯えと同時にこの身が震えるほどの幸せだった。

それは、叔父の告白で始まった長い夜だった。

深夜を過ぎると「魔」が忍び込むせいなのか、淫らな夜はどこまでも深く重い。そのまとわりつくような空気には叔父の甘い毒が含まれているのだ。

「うう……っ、ぐぅ……っ」

歩が喘ぎ続けたせいでたっぷりと唾液《だえき》を吸い込んだ白いスカーフは、すっかり呼吸を通しにくくなっていた。苦しさを訴えたくても両手は後ろ手に縛られたままだし、声は出せない。大きく割り開かれた股間は一度果てたあと、今度は後ろにはさっき叔父が言っていたようなグロテスクな道具が押し込まれていた。

痛みと快感が交互に押し寄せてきて、歩はもう正気でいることさえ難しい。いっそ奇声を上げて狂ってしまいたいけれど、声が出せないでいることでどうにか理性も保たれているような気がした。

「けっこう奥まで入ってんな。何が可愛い甥っ子だ。可愛がっているふりして、充分調教済みじゃないか」

タカが笑って言うが、道具を押し込まれている歩はときおり意識が飛んでしまいそうになっている。

「まだまだ、何も教えていないのと同じだ。俺はつくづく甘いと思うよ。あの人が俺にしたみたいに、もっと辱めて泣かせてやればいいんだけどね」

そう言いながら、叔父はようやく歩の口を塞いでいたスカーフを取ってくれた。そして、唾液と涙に濡《ぬ》れた頬に口づけをくれる。ぜいぜいと荒い息をして肩を上下させていた歩に向かって、叔父は次の甘い罰をちゃんと用意していた。

「そろそろオモチャにも飽きただろう。タカのものを入れてもらうといいよ。体の中がいっぱいになって気持ちがいいからね」

歩はまだ後ろ手に縛られたままで、上半身の身動きは取れない。下半身もさんざん嬲《なぶ》られてすでに二度果てているので、もはや膝から下をバタつかせる力もなかった。

「も、もう……、苦しい……っ」

ようやく呼吸が整って、最初に言ったのはそれだけだった。だが、叔父はそんな歩の頬をそっと撫でて言う。

「そう、苦しいのがいいんだよね。歩は本当に俺の生き写しだな。大丈夫だよ。もっと淫《みだ》らになっていいんだ。もう口も自由になったから、存分に声を出してごらん。歩の淫らな姿は全部俺がここで見ているからね」

歩のどんな訴えも叔父はすべて彼の思うままに受け流してしまう。それらの一つ一つが、叔父自身がどんなふうに調教されてきたのか歩に教えてくれるのだ。

おぞましさとともに、あさましい体が疼《うず》いている。もっともっとほしいと思うのは、タカの言うように叔父と同じ血を歩が持っているからだろうか。

「何も知らない子どもに、恥ずかしいことも苦しいことも全部が快感なんだって教えたんだ。本当にひどい人だったよ。それなのに、彼の言葉は俺にとって唯一の真実のように思えた。どうしてだと思う?」

「わ、わからない、わからないよ……っ」

またタカに性器を嬲られ追い上げられて、歩が切羽詰まった声で言う。

「もちろん、好きだったからだ」

それが唯一の真実。叔父が心から愛していたのは父だった。叔父が今も独身でいるのは、未だに心に父の存在があるから。彼の体に刻み込まれた性癖と同様に、叔父は一生父への思いから逃れることができないのかもしれない。

自分の愛する人が自分の姉と結婚すると知って、叔父の心は引き裂かれる思いだっただろう。そして、歩が生まれたときも複雑だったに違いない。けれど、その父と母が思いがけない事故でこの世を去ったとき、叔父の胸に去来したのはどんな思いだったのだろう。

考えても歩にはわからない。叔父の抱えてきたものの重さは歩には計り知れないのだ。どんな虚無な心でいても、嬲られている体はやがて果てそうになり、タカの手で性器の根元を強く握られた。

射精を無理に止められた状態でベッドにうつ伏せに倒される。叔父と違って力のあるタカの腕の中で、歩はまるで壊れた人形のように彼のするがままになっているしかない。

腰だけを持ち上げさせられて、後ろの窄まりを慣らすために押し込まれていた道具が、今一度タカの手で乱暴に抜き差しされる。そのたびに圧迫と摩擦が独特の快感になって歩を高ぶらせる。

潤滑剤の濡れた音が歩の耳に届き、自分のそこがどれくらい淫らなことになっているのかを想像し、それを叔父やタカの視線にさらしていることに背筋を震わせる。

「いい具合に緩んでるな。さすがにあんたの甥っ子だ。嬲られても見られても興奮するらしい。いい血筋だよ、まったく」

「あっ、ああ……っ、いや、言わないで、言わないでよ……ぉ」

恥ずかしいことを言われて反応する自分を認めたくない。でも、そんな歩の抵抗を叔父は許してくれない。

「何がいやなの？　ちゃんと自分を知らなきゃ駄目だ。これもすべて歩のためなんだよ。どうしてそれがわからないのかな？」

本当にそうなのかどうかなんて、もうどうでもいいのだ。叔父の言葉は聞けば聞くほどに歩の思考力をもぎ取っていくだけだから。だが、タカは叔父とは違う。彼はただ彼の快楽のためだけに歩を抱いている。

「口を使わせないって言うなら、他の遊びくらい存分にさせてもらうからな」

そう言ったかと思うと、四つんばいになっていた歩の体からグロテスクな黒い塊を一気に抜き去った。

「ああ……っ」

圧迫感がなくなったかわりに、自分を繋ぎ止めるものも失った気がして、途端に不安に襲われる。

愛欲は麻薬のように心と体を侵食していく。最初は苦しかったものが、じょじょに快感に変わり、やがてそれだけでは物足りなくなる。もっともっとほしくなり、与えてくれる人に服従していくしかなくなるのだ。

「ほしけりゃ、自分で貪《むさぼ》ってみな。いいか、怠けていたら自分が辛《つら》い思いをするだけだ」

タカはそう言ったかと思うと、歩の髪をつかんで乱暴に体を引き起こす。

「跨《また》がれよ。ただし、膝はつくなよ」

「えっ、そ、そんな……」

叔父は黙ってタカの命令に従う歩を見ているだけだ。タカは叔父を満足させるくらい、どこまでも残酷になれる男だと知っている。それでも、精神的には叔父に支配されている男でもある。だから、叔父が許す範囲で、歩を自分の思うどおりに嬲ろうとする。タカの命令に対して叔父が黙っているということは、歩がそうすることを叔父も望んでいるということだ。

歩は上半身の拘束が解かれないままで不自由な体を起こし、震える膝を叱るようにしてタカの腰に跨がった。本当ならここで歩の口を使い自分自身を完全に勃起させるところだろう。だが、叔父が頑《かたく》なに歩の口を守ろうとするので、少しばかり不満そうに自分の手で準備を整えていた。

完全に勃起したそれは、被《かぶ》せたコンドームが裂けそうなくらい張り詰めている。叔父を満足させているものが歩の中に入ってくるのかと思うと、怯えと同時に奇妙な感慨もある。

タカという男を通して、叔父と自分が一つになれるような感覚だ。これまでは何度叔父に抱かれていても、愛されているというよりも単に可愛がられているという感覚のほうが強かった。それは、叔父が本来なら抱くよりも抱かれるほうを好むことを知っているから。叔父はどんなに歩を嬲ったところで満足できないのだろう。

けれど、タカを介在させることで、叔父と歩は互いに自分の意思を体現させることができるのではないかと思うのだ。叔父はタカに抱かれる歩を見て、父に抱かれた若い頃の自分を見出す。歩はタカに抱かれて、叔父に愛される自分を感じることができる。

あまりにも倒錯した感覚だとわかっているけれど、そもそも自分たちの関係は複雑な愛憎が絡まって出来上がっていたのだ。

タカの言うままに乱れる自分は、叔父に抱かれているのも同然だ。だったら、歩は拒めない。叔父の告白を聞いて、どんな目に遭わされても、叔父が好きだという気持ちは変わらない。それは、叔父が父の裏切りを知ってもなお愛が冷めることなく、心と体を縛られ続けてきたのと同じことなのだ。

「お、叔父さん、僕は……、僕は……」

タカの腰の上に跨がっている歩の疲れた体はふらつき、だるい足は膝が笑っている。縛られたままの両腕はすっかり痺《しび》れて感覚がなくなっていた。

それでも、歩は自分の窄まりを勃起した彼自身に向けて下ろしていく。すべてを埋め込んで体位が安定すると、言われたとおり膝を立てた。膝を立てて大きく足を割り、腰だけを落とす格好はこれ以上ないほど惨めで無様で淫らだった。

「上手にできたね。一つできたら、一つ褒美をあげないとね」

そう言った叔父が、歩の唇に自分の唇を重ねてくる。歩はまるで甘いキャンディーをもらうようにその唇を自ら貪った。やがてその唇がゆっくりと離れていくと、タカがベッドのスプリングを利用して腰を上下させる。歩もその動きに合わせて体を浮かせては沈めてを繰り返す。

「あっ、ああ……っ、も、もう駄目っ、いく……っ」

その瞬間、叔父が歩の股間を口に含む。

「あぅ……っ、い、いやっ」

叔父が歩のものを口で受けとめるつもりだとわかり、一瞬射精をこらようとしたが、できるわけもなかった。存分に煽《あお》られた体はもはや止めることなどできず、歩は身を捩りながら今夜三度目の射精をした。同時に、体の中にタカの吐き出したものが打ちつけられたのがわかった。

そして、歩は弛緩していく体とともに気だるい吐息を漏らす。

「うう……っ、ふぅ……っ」

もうすっかり薄く水のようになった歩の精液を口で受けて、ゆっくりと飲み下した叔父が顔を上げる。白い手の甲で自分の唇を拭いながら、叔父が微笑んでいた。

薄暗い明かりだけが灯《とも》る部屋で、叔父の笑みは今夜も幽鬼のように美しかった。

◆◆

熱を出して寝込んだのは久しぶりだ。

いつも歩の健康管理には口うるさい母親が、咳《せき》を一つしただけでもすぐに薬を飲ませて、風邪など引き込まないようにと気遣ってくれていたから。

『ほら、これも飲んでおきなさい。それから、ちゃんと暖かくして眠るのよ。ブランケットをもう一枚出しましょうか』

熱で転寝《うたたね》を繰り返しながら、懐かしい母親の声を思い出している。

あの頃は心配しすぎだし、ちょっと過保護が過ぎて鬱陶《うっとう》しく思うこともあったけれど、いなくなってみてあらためて親のありがたみを感じている。

だが、この季節に風邪を引いたわけではない。タカに抱かれた翌朝には体が重くて動かず、ベッドから起き上がることができなかった。もちろん、予定していた草取りなどできるわけもなく半日眠っていたが、昼食を摂《と》ってしばらくしたら熱が出てきて、慌てて解熱剤を飲んだ。

薬の力で下げた熱は翌朝になるとまた上がり、夢うつつで一日をベッドで過ごしていた。幸い、大学は試験休み中だし、試験結果が数日中に出て補習や再試験がなければそのまま夏休暇に入る。

歩はどの科目も充分な点数を取れていると思うので、学業のほうは問題はないと思う。ただ、今日の午後になって高橋からメールが入っていたので、そのことでは少し胸を痛めていた。

叔父の言うとおり、自分の都合で彼を利用しようとした。冷静になってみれば、ひどいことをしたと思う。だが、こんな複雑な事情を赤裸々に話すこともできやしないのだ。

その叔父は大学へ出勤している。叔父も今日が最後の出勤日で、明日からは夏休暇に入るという。ただし、フランス語による歴史記述のゼミを担当しているので、その特別講義のため出かけることはあるらしい。

また、休暇中は他の大学で同じ分野の研究をしている教員たちと開く学会や、恒例の渡仏のスケジュールもあり、常に抱えている翻訳の仕事もあって忙しさは普段と変わらない。

『今日はできるだけ早く帰るから、ちゃんとスープと薬を飲んで寝ているんだよ』

そう言い残して叔父は出かけていった。

いつもと変わらない優しげな叔父は、昼の仮面をつけているだけだ。そして、彼のもう一つの仮面を知る者はかぎられている。おそらく、親族では父が他界した今は歩だけだろう。そんな叔父の血を色濃く引いた自分もまた、今は二つの仮面を持っている。祖父母や大学の友人たちに見せる顔と叔父だけが知っている歩の顔。

あれから歩はずっと考えていた。どうして叔父が歩に真実を告げたのかということを。父と叔父に関する真実を知れば、歩がどういう反応を示すのか想像はできていたはずだ。それでも叔父はすべてを歩に話した。

叔父は歩をどうしたいのだろう。彼にとって自分はどういう存在なのだろう。もしそこに憎しみしかなかったなら、叔父は歩を引き取ってくれただろうか。それ以前に、会うたびに自分に向けられたあの優しさや慈しみのすべてが嘘だったというのだろうか。

叔父と過ごしたこの数ヶ月の日々で、歩の魂は両親の死という深い絶望の淵《ふち》から這い上がってきた。どんな形であれ、今の歩は閉じこもっていた殻から抜け出すことができた。けれど、叔父の目的は歩を立ち直らせることだったとは思えない。

あれは、叔父自身が彼らの死を乗り越えるために必要なことだったのではないか。叔父の心の中からけっして消えることのなかった、初めての男への情念、執着、愛欲。実の姉の幸せを祈る気持ちとともに、ずっとそれらに縛られて生きてきたのに、その男が忽然《こつぜん》とこの世から消えた。それも、姉とともに。

叔父の心の中にあらたな虚無が生まれたとしたら、歩の存在は彼に何を与えたのだろう。そして、歩は叔父の手によって何を与えられたのだろう。

幼い頃から自分を抱き締める特別な手があった。母の優しさでも父のたくましさでもない、それはまるで自分自身を抱き締めるように歩を包み込む、柔らかく温かい手だった。その腕の中にいて、歩はいつも安心して自分の身をまかせていた。それは、他の誰でもない叔父の手だったのだ。

叔父が愛した人たちの死を乗り越えるためにあの告白が必要だったのなら、歩もまた本当の意味で両親の死を乗り越えるためやらなければならないことがある。

タカの言葉どおり、歩には叔父と同じ血が流れている。

『俺にはおまえが哀れに見えるよ。とんでもない化け物を身内に持っているんだからな』

けれど、タカに哀れまれることもないのだ。叔父が化け物なら歩もまた同じなのだから……。


「もう起きて平気なのか？　ちゃんと食べて薬は飲んだの？」

その日、叔父が帰宅したとき、歩はもうベッドから出て夕食の支度を整えていた。

「大丈夫。熱も下がったし、食欲も戻ってきたから」

それでも叔父は心配そうにそばにきて、歩の額に自分の手のひらを押し当てる。本当に熱はもう下がっている。病気というよりも、乳幼児がかかる「知恵熱」のようなものだったのだ。

もう十八だけれど知らなかったことを知り、心が親の死を少し消化したことで、体までが驚いてしまったような感じだった。

でも、丸二日間、寝たり起きたりを繰り返しているうちに、体の節々の痛みも消えてすっかりいつもの体調に戻っていた。ただ、暑い日だったので少しでも食欲が増すようにとカッペリーニを使い、生ハムと夏野菜をたっぷり入れた冷製パスタにした。それだけだと少しテーブルが寂しいので、冷凍庫にあった海老《えび》を解凍してアヒージョにして出すことにした。

もちろん、新鮮な海老のほうが美味《おい》しいのだが、オリーブオイルとガーリックの味つけで解凍した海老でもけっこう食べられようになる。

「料理の腕が上がったな」

叔父が感心したように言う。ここにきてから料理も分担することになったので、歩もできるだけ新しいレシピを研究したりするようになった。それでなくても、大学に入学した当初は家に引きこもりがちだったので、料理くらいしかやることもなかったのだ。

「でも、まだまだ叔父さんには敵わないや。魔法みたいにおいしいソースは作れないし」

「フランス料理はソースが基本だから。案外簡単な組み合わせで、おいしいソースが作れたりするんだよ。まぁ、ちょっとした組み合わせの知恵だね」

「今度教えて。僕も覚えておきたい。いろいろ役に立ちそうだから」

歩が言うと、叔父がちょっと言葉を止めてこちらを見た。奇妙に思った歩が首を傾《かし》げてたずねる。

「んっ？　どうかしたの？」

「いや、なんでもないよ。それより、前期の成績はどうだった？　歩のことだから心配はしていないけれど、一応保護者としては聞いておかないとね」

「情報処理だけがAマイナスかな。あとは全部Aプラスだったよ。情報処理は高橋くんみたいに得意な学生が多くて、比べたらどうしても僕なんかはマイナスがついてしまうみたい」

「なるほど。まぁ、仕方がないね。採点する側もなんらかの形で甲乙をつけないといけないから」

驚くほど自然な会話をしながら、何もなかったように夕食の時間が過ぎていく。高橋のことさえ、どちらからもその後の様子について話すこともない。

そして、夏の休暇のことに話題が移る。北海道とシンガポールの両方に行かなければ、どちらの祖父母も心配もするし寂しがるだろうということで、歩の夏はけっこう忙しいことになりそうだった。

「まぁ、一度両方を訪ねて、これからのことを考えてくれればいいよ」

叔父は食事を終えてテーブルを片付けると、食後のコーヒーを運んできてそう言った。

「うん、そうだね。僕もそのつもり……」

けじめをつけるためにも、そうしたほうがいいと思っていた。叔父との幸せだった同居のことを思うと同時に、歩はここ数ヶ月の大学生活を振り返る。

両親の死に塞いだ心はどんなにもがいても解き放たれることはないような気さえしていた。けれど、思いがけない事故であっけなく死ぬのが人間なら、どんなに打ちのめされてもそこから立ち直っていくたくましさを持っているのも人間なのだ。

当たり前の方法ではなかったかもしれない。これ以外の選択や進むべき道はあったかもしれない。それでも、歩は自分が何かを大きく間違えたという気はしないのだ。

運命も宿命もそこへと導かれる道筋がある。人が生きてきた足跡には、確かにそれを追う者のための道しるべがあるのだ。歩はそれをたどってきた。ほしいものがあって、それに手を伸ばしたら、その先には叔父がいただけ。

歩はまだ十八年しか生きていない。それでも、両親がこんなにも早くに逝《い》ってしまう悲しみを知り、残された孤独を噛み締めた。そして、はっきりと気づいたことがある。

歩には幼い頃からずっと求めていた何かがあったのだ。それを探し続けていたから、そういう年頃になっても異性に興味を持つこともなく、周囲で大人になっていく連中を見ても焦ることもなかったのだ。

探し続けてきたのは、自分を包み込む温かい手だった。父の手でもない、母の手でもない。それが誰の手か気づいたからこそ、歩はもう迷うことなどないと思うのだ。

歩の体調が戻り叔父と普段と変わりのない夕食を終えて、やがて静かな暗闇がこの家をひっそりと包み込んでいた。

その夜は新月だった。

新月の夜は物事を始めるのによい日だと言われているらしい。ただ、月が太陽に重なっているため、夜は暗い。でも、それでいい。暗い夜が叔父に似合っているから。そして、自分にとってもそういう夜が心地いいから。

ここで同居を始めたとき、互いのプライベートを守るためにそれぞれに部屋を訪ねるのは必要最低限にしようと決めていた。だが、いつしかそれは言葉だけの決まりになっていて、歩は叔父の部屋をのぞき見ていたし、叔父はこの部屋にやってきては夜の仮面をつけて歩の体と心を翻弄《ほんろう》した。

今夜は歩があの部屋を訪ねていく番だ。叔父に話さなければならないことがある。どうしても伝えなければならないことがあるのだ。

でも、それは深夜まで待ってからのこと。ここは叔父と生前の父が休暇を過ごしたパリ郊外の村ではない。深夜が過ぎたら「魔」が心に忍び込むという伝説など存在しない。それでも、二人が向き合って話すために、この夜のこの時刻がいいと思った。

いつもならまだ書斎で仕事をしているか、リビングでワインを飲みながら読書をしている叔父だが、今夜は珍しくすでに寝室に入っていた。歩は廊下に出ると叔父の寝室の前に立つ。

あの昼下がり、すべては叔父とタカの情事を見たことから始まったと思っていた。あのとき、自分がここで立ち止まることなく部屋に入っていたなら、何も真実を知らないままでいられたのかもしれない。そう思ったものの、すぐに首を横に振らざるを得なかった。きっと無理だっただろう。

叔父のあのしどけない声を聞いたとき、歩の中で何かが動いたのだ。それは何か、今ならわかる。あれは歩の心の中にあった箱の鍵《かぎ》が開く音だったのだ。

鍵が外れてしまったなら、蓋を開けずにいるのはもはや己の意志だけでしかない。叔父はそれをすべて知っていたはずだ。

叔父の言葉は、彼自身の経験があったからこそのことだ。

『人は弱い生き物なんだ。それは克服することはできやしない。だったら、欲望に忠実になればいいんだよ。自分が弱い生き物だと認めてしまえばいい。それが唯一楽になる方法だ』

逃げられない現実がある。それに潰《つぶ》されるくらいなら、弱い自分を認めてその重圧から逃げてしまえばいい。それを責める者がいたならば、これまで一度も逃げることなく生きてきたのかと訊いてやりたい。

両親は不慮の事故で亡くなった。そのとき思ったことは、この世の理不尽さと同時にこの世の非情さだ。どんなに辛くても、どんなに悲しくても、残ったものは生きていかなければならないのだ。

　そんな人間から逃げる道を奪うことはできやしない。特に叔父はずっと難しいバランスを心の中で保ちながら生きていたというのに、いきなりその天秤《てんびん》を支えていたものを左右ともに失ってしまったのだ。どちらに傾いてもおかしくはなかった。けれど、叔父も歩もどうにかして新たなバランスを見出して生きてきた。

　ともに愛する人を失いながらそれでも生きていようと思えたのは、つまるところ互いの存在があったからなのだ。それを確かめるために、歩は叔父の部屋の扉をノックする。

　モーションセンサーで点《つ》くオレンジ色のフットライトだけが暗い廊下を照らしている。だが、部屋の中から返事はない。叔父はもう眠っているのだろうか。それならそれでもいい。

　歩は迷うことなく叔父の寝室のドアを開けた。それはあたかも叔父の心の中にあるパンドラの箱を開くような感覚だった。

　祖父母が建てた家はもう三十年になる。何度か改築やリフォームをかけてきたから古さは感じないが、それでも建てつけが悪くなっている部分もあった。特に、二階の水回り以外の場所は、壁紙を変えたくらいで建築当時のままに残っている部分が多い。

　叔父の部屋も歩が使っている部屋も、ドアは意識して強く引かなければ緩く隙間《すきま》ができてしまうことがある。だが、その夜はしっかりと閉まっていたドアを開けると、叔父の部屋は暗闇に沈んでいた。

「叔父さん……」

呼びかけた声に返事はない。やっぱり眠ってしまったのだろうか。そう思った歩が一歩部屋に踏み込んだときだった。

「また夜更かしをしているんだな。歩はすっかり悪い子になってしまったらしい」

ハッとして声のするほうを見た。叔父は照明を消した部屋で、ドアのすぐそばに立っていた。Tシャツとパジャマの下というつもの部屋着姿。愛用の夏のガウンを羽織り、壁にもたれながら宙を見つめている。

シャワーを浴びてきたばかりで洗った髪は無造作に手櫛《てぐし》で後ろに撫でつけられていて、彼の美しい顔の輪郭をあらわにしていた。

返事をしなかったのは眠っていたわけではなく、歩が入ってくるのを待っていたからだとわかった。叔父は廊下の薄明かりにその端正な横顔をほのかに浮かび上がらせて微笑んだ。

「くると思っていたよ」

そう言ったあと、クスリと笑みを漏らして歩に向き直って言った。

「なんだか久しぶりに思い出したな。あの頃も彼がくる曜日になると、俺はいつも胸を高ぶらせながらもこうしてドアのそばに立って待っていた。あのときのここが痛くなるような感じに似ていて、歩を待っているのもちょっと楽しかったよ……」

叔父は自分の胸を握った拳《こぶし》で軽く叩いてみせる。歩の父が家庭教師としてこの家を訪ねていた頃、叔父は本当に胸を高ぶらせて待っていたのだろう。

その頃の彼は今の歩よりも若くて、もっと無垢な存在だったのかもしれない。それを思うと二十以上も年上の彼に言葉にならない愛《いと》しさを感じるのだ。

歩はゆっくりと部屋のドアを閉めると、中は窓から差し込む月明かりもなく、真の暗闇に落ち込んだ。新月の闇だ。

「小さい頃は暗闇が怖かった。見えない闇の中に何かが潜んでいるような気がして、明かりのない部屋で眠るのがいやだった。だから、いつも勉強机のスタンドだけは点けておいてって言っていた」

母親は歩の頭を撫でて、言われたとおりスタンドを点けておいてくれた。ところが、仕事で遅くに帰ってきた父親は、歩の寝顔を見にきては点けっぱなしのスタンドを消していってしまうのだ。

夜中にトイレに目覚めたとき、部屋に明かりがないことで歩は怯えてベッドで悩まなければならなかった。朝まで尿意を辛抱できるか、それとも暗闇の中を勇気を出してトイレに行くべきかと。

結局は辛抱できずにトイレに行くためにベッドを下りるのだが、怯えながら廊下を歩いていると戻ってくる頃には、暗闇が思いのほか優しく自分を包み込んでくれていることに気づくのだ。

何も怯えることはない。自分は守られているのだと思い、闇を泳ぐようにかき分けてベッドに戻っていった。知らないことは怖い。けれど、知ってしまえばもう怯えることもない。

この世でもっとも恐ろしかった闇を手懐《てなず》けたとき、歩は自分が少し強くなったような気がした。けれど、また少し成長するとこれまで想像していた以上に恐ろしげなものが闇には潜んでいるのではないかと疑うようになった。そうなると、また暗闇が怖くなる。

怯えては克服し、克服しては怯え、それの繰り返しで十八になった。そして、今でも怖いものはある。

「僕は今でも怖いものがたくさんあるよ。夕暮れの公園、偶然人がいなくなったホーム、図書館の片隅、押入れにしまってある母さんの形見のビスクドールも夜には怖いな」

そう言ったあと、歩は叔父のそばへ行きたずねる。

「叔父さんにも怖いものはある？　叔父さんは何が怖いの？」

歩は彼の二の腕をそっとつかんでたずねた。すると、叔父は歩の頬にそっと手を伸ばし呟いた。

「自分の中に巣喰《すく》うもの……かな……」

それは、叔父の中にいる『魔』のこと。だったら、どうして怖いのだろう？　叔父がそれを飼い慣らしているのだと思っていた。歩がそのことを訊くと叔父は小さく笑って首を横に振る。

「飼い慣らせるわけがないさ。それどころか、奴らは俺を喰い殺そうとするんだよ。俺はいつもそれに怯えているんだ……」

彼にしては珍しく、どこか自信のなさそうな力のない声だった。

こんな叔父もまたやっぱり叔父なのだと思った。歩は彼と同居するようになって、これまで知ることのなかった彼の顔をいくつも見てきた。驚きもしたし、戸惑いもした。けれど、どんな彼の顔も歩の心から叔父を遠ざけるものではなかった。今もあらためて思うのは、自分がどれほどに叔父という存在を思っているかということだった。

叔父は歩にとって血の繋がりのある身内である以上に、もっと魂同士が近い存在なのだ。だから、幼少の頃から彼の腕の中にいれば言葉では言い表せない安堵《あんど》感に包まれる自分を感じていた。そして、きっとそれこそが愛だと思うのだ。

「叔父さん……」

歩はなぜか少し震えている叔父に体を近づけ、彼の胸に頬を寄せた。叔父もまた歩の体を抱き締めてくれる。

「歩、大学はどこででも行ける。地方にもいい大学がある。それでも達彦さんの母校にこだわりがあるなら、この家ではなくてどこか都内に部屋を借りて暮らしてもいい。この夏、北海道とシンガポールに行ったら、よく相談しておいで……」

叔父がなぜかそんなことを言う。驚いた歩が顔を上げると、叔父は少し寂しそうに微笑んでいる。

「どうして？　どうしてそんなことを言うの？　僕はこの家にいてはいけないの？　叔父さんはもう僕と暮らしたくないから？」

タカとの情事に不便だというなら、歩のことなど気にせずに彼を呼べばいい。もちろん、歩はどちらの祖父母にも叔父の秘密を話すつもりはない。

また、歩が高橋をこの家に招いたりするのが不満なら、もう二度と誰もここへは連れてこない。もちろん、夏の休暇の間、彼と旅行に行ったりもしないし、別荘の話もちゃんと断るつもりだ。歩がそう説明しても、彼はそうじゃないと言う。

「だったら、やっぱり僕の顔を見ているのもいやだから……？」

過去に自分を弄《もてあそ》び捨てた男の子どもだ。実の姉の子どもでもあるが、可愛く思う反面消えない憎しみを思い出して苦しいというのなら歩も辛い。だが、叔父はそれも違うと言う。

「俺は歩が可愛いんだよ。本当に、君の存在がどれくらい俺のことを救ってくれたか……」

「僕が？」

憎まれることはあっても、救うことはできないと思う。でも、叔父は歩の存在があったから、父を恨まずにいられたのかもしれないと言うのだ。

「わからないよ。どういうことなの？　僕は本当に叔父さんにとって救いになれたの？」

だったら、自分をこの家から出そうとしないでほしい。歩が今夜叔父の部屋を訪ねてきたのは、他でもない。彼とのこれからの生活について、きちんと新たなルールを決めておかなければならないと思ったからだ。

　なのに、叔父は歩をこの家から出すべきだと考えている。救われたというのなら、どうして突き放そうとするのだろう。

　歩は縋《すが》るような目で叔父を見上げる。暗闇に目が慣れてくると、彼のきれいな顔の白いラインがくっきりと浮かび上がってくる。眼球の白い部分が少し青みがかっていて、ほんのりと赤い唇をより際立たせているような気がした。

「ねぇ、叔父さん……っ」

　答えをせっつくように叔父の羽織っているガウンを両手で強くつかむ。すると、叔父は溜息交じりに小さな呻き声を漏らす。そして、おもむろに重い口を開いた。

「このまま歩をそばに置いていたら、俺はきっと君を壊してしまう。本当は今だって充分に後悔しているんだ」

「そんなこと……」

　ないと言いかけた歩の言葉を遮ると、叔父が肩をつかんで搾《しぼ》り出すような苦しげな声で言う。

「俺が歩に何をしたのかわかっているだろう。本当なら許されないことだ。君を守るべき立場で、あんな真似を……。それも、タカまで使って……」

　叔父に抱かれたこと、叔父から聞かされたこと、タカに叔父がさせたこと、すべてが歩の体に刻み込まれている。でも、それに対して歩は何一つ恨んでなどいない。

「達彦さんは俺の中のパンドラの箱を開けた。なのに、彼はまるで飽きたオモチャを捨てるように俺の前から消えてしまった。心の箱を開かれたまま置き去りにされ、どんなに俺が孤独だったか。でも、それだけじゃない。彼は素知らぬ顔で俺の人生に舞い戻ってきた。姉の婚約者としてね」

恨む気持ちは痛いほどわかる。そして、自分の存在もまた叔父を苦しめてきたと思うのだ。それなのに、叔父は歩を「救い」と呼び、またその「救い」を手放そうとする。その複雑な胸の中には何があるのだろう。

「達彦さんを恨む気持ちはあったよ。彼のそばで微笑む姉さえ憎く感じるときもあった。だから、歩が生まれたとき、俺の憎しみの結晶のような存在だと思ったのに……」

そう言いながら叔父の声に嗚咽《おえつ》が交じるのに気がついて、歩はハッとしたように彼の顔を凝視する。

「まだ赤ん坊の君を抱き上げてみれば、俺の心の中から湧《わ》き上がってきたのは、どうしようもない愛しさだった」

「叔父さん……」

やっぱり、叔父は自分を慈しんでくれていたのだ。彼に抱き上げられるとき、彼の膝で本を読んでもらうとき、一緒に過ごした時間はどれも温かく幸せな思いに満ちていた。

「俺の中の箱は開け放たれて、中に詰まっていた醜いものたちがすべて解放された。もう何も残ってはいないだろうと思ったけれど、そこにはたった一つ何かがあった。それは、『エルピス』だ……」

「エ、エルピス？」

「そう。パンドラの箱の中に唯一残ったもの。ギリシア語では「予兆」、もしくは「期待」と言われている。英語では『Hope』だ……」

「希望……」

歩はうわごとのように呟いた。

「そう、歩は俺にとってエルピスになるはずだった。このまま、ずっと歩が美しく育っていくのを見守っていればいい。そう思っていたよ。なのに……」

そこまで言って、叔父は両手で自分の顔を覆った。

「なのに、達彦さんは死んでしまった。死ぬときまで姉さんと一緒だった。愛していたのにっ。もう何も望まないから、姉のものであってもいいから、ただ近くにいてくれればよかった。自分の人生の中に彼が存在しているだけでよかったんだっ」

叔父の苦しそうな声色に、歩もまた声を詰まらせる。

これは叔父の第二の告白だった。歩はただ息を呑《の》むようにしてそれを聞いているしかなかった。

「俺の中で一度眠ったはずの醜い感情がまたふつふつと込み上げてくるのを止められなかった。なぜ、どうして、俺はいつも一人で残されてしまうんだという思いばかりだった。そして、長く封印していた憎しみがまた俺を支配していったんだ」

そう言うと叔父は顔を覆っていた両手をそっと外し、うっすらと潤んだ目で歩のことを見つめた。そして、今度はその両手で歩の両頰をそっと挟み込む。

「愛しかった歩を見ているのさえ辛くなった。姉の面影があって、俺自身によく似ている。でもね、君の中には確かに達彦さんの血があって、その目や鼻や口にわずかに彼を思い出させるものがある」

愛しかった存在が、急に心をかきむしる存在に変わる。叔父自身もその変化に大いに戸惑ったという。でも、人の感情というものはどこまでも複雑で、どこでどんな思いのスイッチが入ってしまうかわからないものなのだ。

歩自身、せっかく友人になれた高橋に対して、これまでの自分では考えられないような接し方をしてしまった。傷つけるつもりはなかったけれど、彼を利用しようとしたことについては、ひどく後味の悪い思いをしている。

「じゃ、やっぱり、僕をそばに置いておきたくないんだね。だから……」

「そうだね。そばに置いておくと、また君を傷つける。そもそも、達彦さんのことだって、歩に聞かせるべきことじゃなかった。俺が墓場まで持っていくべきだった」

本当に後悔しているようにうなだれている叔父だが、すぐに諦めたような自嘲《じちょう》めいた笑みを浮かべる。

「でも、俺の中の『魔』が、俺の口をこじ開けてしまう。俺の手を淫らに動かしてしまう。俺はね、自分の中にあるものを飼い慣らせない。そんな力はない。俺は弱い人間なんだ。そう、とても弱い……」

以前、叔父が歩に言っていたことだ。人間はとても弱いけれど、その事実を認めてしまえば楽になれる。自分を縛るものから解放されると……。

叔父も苦しかったのだ。歩の両親の死によって精神の均衡を失っていたのは歩だけではない。北海道の父方の祖父母も、シンガポールの母方の祖父母も、自分たちよりも先に子どもが逝ってしまう悲しみに打ちひしがれていた。

だが、叔父は叔父で、祖父母や歩とはまったく違う意味の絶望を突きつけられ、それによってこれまで封印していたものが心の中で暴れだしてしまったのだ。

けれど、それを責める気持ちはない。残された者はどうにかして悲しみを乗り越えていかなければならない。叔父も歩もそのために懸命にもがいていただけだから。

「わかっただろう。だから、歩はここにいないほうがいい。俺はもう君を傷つけたくはない。もう一生許されないだけのことはしたと思っているよ。だから、この先一生恨んでくれればいい。そして、歩は歩の人生を生きてほしい。こんなに傷つけておきながら、身勝手だと思う。

それでも、君はやっぱり俺にとって最後の『エルピス』だから……」

そして、叔父の告白は「エルピス」、つまり「希望」という言葉で締めくくられた。

なんて温かい言葉だろうと思った。それを信じているから、人はどんなに悲しいことがあっても生きていけるのだと思う。

これからの人生を生きていくための希望。けれど、叔父は歩を自分から遠い場所へやろうとしている。そうして、叔父は心に潜む「魔」とどうやって向き合って生きていくというのだろう。愛した人はもうないというのに、誰が彼の存在を支え救っていけるというのだろう。

歩はそのときタカの言葉を思い出していた。

『恋人ねぇ。俺はそれでもいいんだが、直人のほうは認めないいんじゃないか。なぁ、俺じゃ役不足だと思ってるんだろう?』

冗談っぽい口調ではあったが、あれは彼の嘆きでもあったのだ。タカという男は本当に叔父のことが好きなのだと思う。きっと美しい年上の男に、心から溺れているのだ。けれど、自分では叔父を救うことはできないとわかっている。

叔父の無茶なわがままを聞き入れながら、彼は彼なりに叔父を愛しているけれど、自分は彼にとっての「希望」にはなれないと自覚している。

それも悲しい愛だと思う。誰もが満たされない思いに喘《あえ》いでいるようだ。父と母のように心から愛し合って生死をともにできたことは、奇跡のようにさえ感じられる。だからこそ、叔父も二人のことを恨む以上に祝福してきたのだと思う。

ただ、運命があまりにも過酷に人の心を弄ぶから、誰もがままならない現実にもがき苦しむことになる。歩もまた叔父への思いをこの胸に抱え、眠れない夜を過ごしたこともある。だからこそ、わかることもあるのだ。

叔父から父親の真実の姿を聞かされたとき、もちろん最初は信じられなかったし、信じたくない気持ちもあった。まだ若かった頃のこととはいえ、母親と恋愛する以前の性癖は奔放と呼ぶにはいささか衝撃的だった。そればかりか、父親は軽い遊びのつもりで叔父の運命を変えてしまったのだ。

叔父の言うとおり彼から聞かされることがなければ、歩は父親の秘められた一面について一生知らずにいただろう。けれど、こうなったのも運命だったと思うのだ。

父の遺影を見てあらためて思うのは、彼が別の顔を持っていたように歩もまた心の奥にもう一人の自分がいたということ。叔父の手によってそれを暴かれた今となっては、いたずらにうろたえることもない。そういう血が自分の体にも脈々と流れていたということだ。

そして、箱の中に閉じ込められていたもう一人の自分は、いずれは誰かに引き出されていただろう。それが叔父であったことを、歩は不運だとも不幸だとも思っていない。むしろこれが自分の望む形であったと今なら思える。

なぜなら、自分が叔父にとっての「希望」なら、叔父もまた歩にとっての「予兆」だと思うから。彼の姿は二十年後の自分だ。父よりも母よりも、歩は叔父に似ている。魂がとても近くて、一緒にいると自分自身のそばにいるような安堵感さえあるのだ。

「僕は……」

歩は自分を見つめる叔父の顔を見上げた。彼の告白を二度聞いた。一度は彼が「魔」の仮面を被り語った心の内。そして、今夜は彼自身の真実の告白。

だから、歩も告白しようと思う。

「僕はどこへも行かない。叔父さんのそばにいる」

「歩……?」

「それが僕の望みだから。僕はここにいるのが幸せだから」

「馬鹿なことを……。どんなことをされたか忘れたのか?」

もちろん、叔父にされたことならどんな些細《ささい》なことも覚えている。恥ずかしいことも心穏やかでないことも、痛いことも惨めなこともされた。それどころか、親にも打たれたことのない頬を打たれもした。

それらのすべてを今一つ一つ思い出しても、歩の心は妖しく騒ぐ。そして、それらは歩自身が望んでいたことばかりなのだ。

「僕はずっと叔父さんが好きだったよ。一緒に暮らそうって言われたとき、どれくらい嬉しかったかわからない。一緒に生活して、叔父さんの知らなかったところを新たに見つけるたび、自分の中で秘密の宝物が増えていくような気がした。父さんと母さんを亡くした悲しみから、僕を救ってくれるのは叔父さんしかいないと思った。そして、本当に僕は救われたと思う」

「そんな馬鹿な……っ」

「本当にそうなんだ。二人が死んでから、僕の世界は灰色だった。何を見ても誰と話しても、何を食べても何を読んでも全部ひどく無機質で恐ろしく乾いた場所にいたんだ。でも、そんな景色の中でも叔父さんだけはちゃんと色があった。表情もわかった。声も聞こえたし、温もりも感じた」

そう言いながら、歩は叔父の腕に触れてその温もりを確かめる。そして、叔父にも同じように歩の温もりが伝わっているか問いかけた。

「ああ、わかるよ。歩の温もりだね。とても温かくて、気持ちいいよ」

「うん。僕も気持ちがいいんだ。叔父さんといると気持ちがいい。体をこうして近づけるほどに心が落ち着いて、苦しかったこの胸が楽になっていく。だから、もっと一緒にいたい。許されないことでもいい。僕は叔父さんといたいと思うんだ」

歩は壁にもたれたまま動かない叔父を自分の両手で抱き締めた。叔父は震える声で歩の名前を何度も呼ぶ。

「歩、歩……。あ、歩……、本当に……？」

「僕は父さんじゃないけれど、叔父さんのそばにいるよ。叔父さんの中にいる『魔』が暴れだしても大丈夫なように、いつでもそばにいて抱き締めているよ。僕は来年には十九になる。再来年は二十歳だ。早く大人になって、強くなって、叔父さんが自分自身に怯えることのないように守っていくよ」

歩の言葉に叔父は静かに嗚咽を漏らす。彼のこぼした涙が歩の頬にかかる。歩はそれを拭うこともなく、彼の手を引いた。いつも叔父がそうしてくれたように、今度は歩が彼をベッドへと連れていく。叔父は驚くほど従順に従うのだ。

そこに並んで腰かけると、自ら手を伸ばして叔父の頬をそっと挟み自分の唇を重ねていった。叔父に教えてもらったキスの仕方で、彼の口腔《こうこう》を舌で優しくまさぐる。

大好きな叔父の体はどこも甘く感じられるし、どこからもいい匂いがする。こうして体を寄せ合っているだけでも歩の心はほのかに満たされる。けれど、一つに繋がればもっと強く深く満たされることを知っている。

「歩……」

叔父が歩の髪を撫でると、その手を首筋からシャツの中へと差し込んでくる。彼の白い手首を顎で押さえるようにして、歩は自らゆっくりとベッドに倒れ込む。覆い被さってくる叔父の美しい顔がとても好きだ。きっと若き日の父も、この美しく妖しげな存在に心奪われてしまっていたのだろう。

あるいは、叔父との関係を絶ったのは、父自身の保身だったのだろうか。このまま叔父といれば父もまた「魔」に憑《つ》かれてしまうと思い、逃げ出したのかもしれない。けれど、歩は逃げようとは思わない。彼の指に自分の指を絡めて、どこまでも堕《お》ちていけばいい。幸か不幸か、自分たちのそばには咎《とが》める者は誰もいないのだから。

叔父の手があますところなく歩の体に触れていく。裸になった歩の白い体が、叔父の同じく白い体に絡みつく。互いの高ぶった股間が擦れ合うのがたまらない。だが、叔父はそれだけでは足りないと、歩の後ろの窄まりに手を伸ばしてくる。

「ああ……っ、う、んん……ぁ……っ」

淫らな声が歩の口から吐息とともにこぼれ落ちる。それを見た叔父が嬉しそうに、さらにそこをまさぐり柔らかく解《ほぐ》していく。今はまだ抱かれていてもいい。でも、いつかは叔父の美しい体を貪る日がくるだろう。そして、それはきっとそう遠くはないはず。

「直人さん……」

歩が囁くようにその名を呼んだ。叔父はハッとしたように目を見開いたあと、まるで白く大きな花が綻《ほころ》ぶように微笑んだ。その花がふわりと歩の頬に口づけて言った。

「達彦さんは俺に『希望』を残してくれたんだな。歩という『希望』を……」

二人の影が暗闇の中で一つになる。新月の夜は新たな始まりだという。これは二人の新たな人生の始まり。「希望」と叔父は言った。「希望」の「望」の字は歩の母親の名前。二人にとっては永遠に胸に刻む音になる。

叔父自身が深く歩の中に入ってきて、繋がったままで唇を重ねれば互いの鼓動もまたしっかりと重なるのがわかった。

叔父は長い呪縛《じゅばく》の果てに過去の男から解放されたのだ。それと同時に、歩もまた確かに「希望」を手に入れたのだと思っている。

亡くなった両親の血が流れる、この体の奥深くに眠っていたもの。開かれた歩のパンドラの箱の底にひっそりと残っていた、それは「愛」という名の甘く優しい「エルピス」だった。

# あとがき

一枚の写真、短い文章、何気なく入った店で流れていた音楽、車からふと目に入った風景などからイメージがどんどん広がり話が生まれるときがよくあります。また、デスクの前でじっと座り、キャラクターから練り上げていく話もあります。

今回は後者でした。叔父という存在ができあがっていくほどに、甥をはじめ彼の美貌に翻弄される周囲の人々が一人一人と浮き上がってきた感じです。その叔父には一生誰にも話すつもりのない秘密がありました。それがこぼれ出してしまう瞬間を書いてみたかった。そして、止められなくなっていく彼自身を、書いているわたしが見守りたかったのだと思います。

甥の視点で書いた叔父の物語は、美しい挿絵とともに素敵な一冊となりました。読者の皆様にも、ストーリーと挿絵の両方を存分に楽しんでいただけたらと願っています。

葛西《かさい》リカコ先生にはお忙しいスケジュールの中、これ以上は求めようもないというほど素晴らしい絵を提供していただきました。心から深く感謝しております。

さて、この話を編集部に渡したのち、七月に入る前には早々に日本を脱出し、「あとがき」は滞在先の北米で書いています。毎年、夏の数週間は避暑をかねて仕事場を移動させているのですが、北米滞在中は友人たちとロードトリップに出かけることもよくあります。ちょっとした冒険気分を味わいながら、心に残る景色や会話や食事から新しい話の種を拾うこともよくあるのです。

それから、立ち寄った町や村では必ず骨董屋を探して入ります。友人もわたしもそれぞれにコレクションしているものがあり、眼を皿のようにしてそれらを探し回り、お宝が見つかれば旅はますます盛り上がるというわけです。

そして、スターバックスもマクドナルドもない小さな町を歩きながら、自分がこの町で生まれ育っていたらどんな人生を歩んでいたのだろうと想像するのもいつものことです。

学校を卒業したら賑やかな都会に出ようともがいていただろうか。それとも、ここで誰かと恋をして結婚をして子どもを育てたりしただろうか。あの小さなスーパーで買い物をして、さっき食べた小さなレストランでときには外食するのが楽しみで……。

などと、自分の人生をこの場に置き換えて考えてみるにつけ、最終的には今の自分にたどりつきます。結局はパソコンに向かってストーリーを書き綴っていただろうということです。それが自分の核の部分で、きっとどこに生まれ育っていても変わらないのだと思っています。

そして、そろそろ今回の長旅も終わり。この「あとがき」を書いたら、帰国の準備に取りかかります。荷物は多くありません。買い込んだ骨董はすでに送りました。あとは気持ちだけ。

では、灼熱の日本に戻ります。次作でお会いできる日まで、皆様もどうかお元気で……。

二〇一三年　七月末日　水原《みずはら》とほる

この本を読んでのご意見、ご感想を編集部までお寄せください。

《あて先》〒105－8055 東京都港区芝大門2－2－1 徳間書店 キャラ編集部気付
「愛と贖罪」係

■初出一覧
愛と贖罪……書き下ろし

Chara

# 愛と贖罪

……【キャラ文庫】

2013年9月30日 初刷

著者 水原とほる
発行者 川田 修
発行所 株式会社徳間書店
〒105-8055 東京都港区芝大門2-2-1
電話048-451-5960(販売部)
03-5403-4348(編集部)
振替00140-0-44392

印刷・製本 図書印刷株式会社
カバー・口絵 近代美術株式会社
デザイン 百足屋ユウコ・サトモトアイ(ムシカゴグラフィクス)


ISBN978-4-19-900726-2

# 好評発売中

## 水原とほるの本
## 「二本の赤い糸」
イラスト◆金ひかる

# キャラ文庫既刊

■英田サキ
[DEADLOCK]
[DEADHEAT DEADLOCK2]
[DEADSHOT DEADLOCK3]
[SIMPLEX DEADLOCK外伝] CUT高階 佑
[恋ひめやも] CUT小山田あみ
[ダブル・バインド] 全4巻
[アウトフェイス ダブル・バインド外伝] CUT葛西リカコ

■秋月こお
[王朝春宵ロマンセ] シリーズ全4巻 CUT唯月 一
[王朝ロマンセ外伝] シリーズ全3巻 CUT唯月 一
[要人警護] シリーズ全6巻 CUT緋色れーいち
[幸村殿、艶にて候] 全7巻 CUT九號
[スサの神謡] CUT稲荷家房之介
[超法規レンアイ戦略課] CUT有馬かつみ
[公爵様の羊飼い] 全3巻 CUT円屋榎英

■洸
[深く静かに潜れ] CUT長門サイチ
[パーフェクトな相棒] CUT亜樹良のりかず
[好みじゃない恋人] CUT小山田あみ
[ろくでなし刑事のセラピスト] CUT新藤まゆり
[オーナー指定の予約席] CUT須賀邦彦
[捜査官は恐竜と眠る] CUT有馬かつみ
[サバイバルな同棲] CUT和鐵屋匠
[常夏の島と英国紳士] CUTみずかねりょう

■いおかいつき
[交番へ行こう] CUT桜城やや
[死者の声はささやく] CUT亜樹良のりかず
[好きなんて言えない!] CUT有馬かつみ
[隣人たちの食卓] CUTみずかねりょう
[探偵見習い、はじめました] CUT小山田あみ

---

■池戸裕子
[お兄さんはカテキョ] CUT汞りょう
[官能小説家の純愛] CUT一ノ瀬ゆま
[小児科医の悩みごと] CUT新藤まゆり
[無法地帯の獣たち] CUT新井サチ
[管理人は手に負えない] CUT黒沢 椎
[鬼神の囁きに誘われて] CUT黒沢 椎
[人形は恋に堕ちました。] CUT新藤まゆり

■烏城あきら
[檻 -おり-] CUT今 市子

■榎田尤利
[歯科医の憂鬱] CUT高久尚子
[ギャルソンの躾け方] CUT宮本佳野
[アパルトマンの王子] CUT緋色れーいち
[理髪師の、些か変わったお気に入り] CUT二宮悦巳

■音理 雄
[先生、お味はいかが?] CUT三池ろむこ
[犬、ときどき人間] CUT高久尚子

■鹿住 槇
[独占禁止!?] CUT宮城とおこ
[ヤバイ気持ち] CUT穂波ゆきね
[遺産相続人の受難] CUT鳴海ゆき
[兄と、その親友と] CUT夏乃あゆみ

■華藤えれな
[フィルム・ノワールの恋に似て] CUT小椋ムク
[黒衣の皇子に囚われて] CUTCiel
[義弟の渇望] CUTサマミヤアカザ

■可南さらさ
[左隣にいるひと] CUT木下けい子

■神奈木智
[その指だけが知っている]
[左手は彼の夢をみる その指だけが知っている2]
[くすり指は沈黙する その指だけが知っている3]
[そして指輪は告白する その指だけが知っている4]
[その指だけは眠らない その指だけが知っている5] CUT小田切ほたる
[ダイヤモンドの条件] シリーズ全3巻 CUT須賀邦彦
[無口な情熱] CUT椎名咲月
[征服者の特権] CUT明森びびか
[御所泉家の優雅なたしなみ] CUT円屋榎英
[甘い夜に呼ばれて] CUT不破慎理
[密室遊戯] CUT羽根田実
[若きチェリストの憂鬱] CUT二宮悦巳
[オーナーシェフの内緒の道楽] CUT新藤まゆり
[愛も恋も友情も。] CUT香坂あきほ
[月下の龍に誓え]
[烈火の龍に誓え 月下の龍に誓え2] CUT円屋榎英
[マル暴の恋人] CUT水名瀬雅良
[恋人がなぜか多すぎる] CUT高星麻子
[マエストロの育て方] CUT夏河
[守護者がめざめる逢魔が時]
[守護者がささやく黄泉の刻 守護者がめざめる逢魔が時2] CUTみずかねりょう

■楠田雅紀
[史上最悪な上司] CUT山本小鉄子
[俺サマ吸血鬼と同居中] CUTCiel

■剛しいら
[顔のない男] シリーズ全3巻 CUT北畠あけ乃
[命いただきます!] CUT麻生 海
[狂犬] CUT有馬かつみ
[盗っ人と恋の花道] CUT葛西リカコ
[天使は罪とたわむれる] CUT宮本佳野

# キャラ文庫既刊

[ブロンズ像の恋人] CUT兼守美行

■ごとうしのぶ

[熱情] CUT高久尚子

■榊 花月

[ロマンスは熱いうちに] CUT夏乃あゆみ

[ジャーナリストは眠れない] CUTヤマダサクラコ

[恋人になる百の方法] CUT高久尚子

[狼の柔らかな心臓] CUT亜樹良のりかず

[夜の華] CUT高階 佑

[他人の彼氏] CUT汞りょう

[恋愛私小説] CUT小椋ムク

[地味カレ] CUT新藤まゆり

[待ち合わせは古書店で] CUT木下けい子

[不機嫌なモップ王子] CUT夏乃あゆみ

[本命未満] CUTルコ

[僕が愛した逃亡者] CUT葛西リカコ

[天使でメイド] CUT夏河シオリ

[見た目は野獣] CUT和鐵屋匠

[綺麗なお兄さんは好きですか?] CUTミナヅキアキラ

[オレの愛を舐めんなよ] CUT夏珂

[気に食わない友人] CUT新藤まゆり

[七歳年下の先輩] CUT高緒 拾

[暴君×反抗期] CUT沖銀ジョウ

■桜木知沙子

[となりの王子様] CUT夢花 李

[金の鎖が支配する] CUT清瀬のどか

[プライベート・レッスン] CUT高星麻子

[ひそやかに恋は] CUT山田ユギ

[ふたりベッド] CUT梅沢はな

[真夜中の学生寮で] CUT高星麻子

[兄弟にはなれない] CUT山本小鉄子

[教え子のち、恋人] CUT高久尚子

■佐々木禎子

[最低の恋人] CUT蓮川 愛

[ニュースにならないキス] CUT水名瀬雅良

[極悪紳士と踊れ] CUT汞りょう

[ミステリ作家の献身] CUT高久尚子

[僕の好きな漫画家] CUT香坂あきほ

[弁護士は籠絡される] CUT金ひかる

[執事と眠れないご主人様] CUT榎本

[治外法権な彼氏] CUT有馬かつみ

[アロハシャツで診察を] CUT高久尚子

[仙川准教授の偏愛] CUT新藤まゆり

[妖狐な弟] CUT佳門サエコ

■秀香穂里

[くちびるに銀の弾丸] シリーズ全2巻 CUT祭河ななを

[チェックインで幕はあがる] CUT高久尚子

[虜《とりこ》] CUT山田ユギ

[誓約のうつり香] CUT海老原由里

[灼熱のハイシーズン] CUT長門サイチ

[禁忌に溺れて] CUT亜樹良のりかず

[ノンフィクションで感じたい] CUT新藤まゆり

[艶めく指先] CUTサクラサクヤ

[烈火の契り] CUT彩

[他人同士] 全3巻 CUT新藤まゆり

[大人同士]

[恋人同士 大人同士2] CUT新藤まゆり

[堕ちゆく者の記録] CUT高階 佑

[真夏の夜の御伽噺] CUT佐々木久美子

[桜の下の欲情] CUT汞りょう

[隣人には秘密がある] CUT山田ユギ

[なぜ彼らは恋をしたか] CUT梨とりこ

[闇を抱いて眠れ] CUT小山田あみ

[恋に堕ちた翻訳家] CUT佐々木久美子

[盤上の標的] CUT有馬かつみ

[年下の高校教師] CUT三池ろむこ

[閉じ込める男] CUT葛西リカコ

■愁堂れな

[身勝手な狩人] CUT蓮川 愛

[十億のプライド] CUT汞りょう

[愛人契約] CUT水名瀬雅良

[紅蓮の炎に焼かれて] CUT金ひかる

[花婿をぶっとばせ] CUT高久尚子

[伯爵は服従を強いる] CUT羽根田実

[コードネームは花嫁] CUT汞りょう

[怪盗は闇を駆ける] CUT由貴海里

[屈辱の応酬] CUTタカツキノボル

[金曜日に僕は行かない] CUT麻生 海

[行儀のいい同居人] CUT小山田あみ

[激情] CUT羽根田実

[二時間だけの密室] CUT高久尚子

[月ノ瀬探偵の華麗なる敗北] CUT亜樹良のりかず

[法医学者と刑事の相性]

[法医学者と刑事の本音 法医学者と刑事の相性2] CUT高階 佑

[嵐の夜、別荘で] CUT二宮悦巳

[入院患者は眠らない] CUT新藤まゆり

[極道の手なずけ方] CUT和鐵屋匠

[捜査一課のから騒ぎ]

[捜査一課の色恋沙汰 捜査一課のから騒ぎ2] CUT相葉キョウコ

[仮面執事の誘惑] CUT香坂あきほ

[家政夫はヤクザ] CUTみずかねりょう

[猫耳探偵と助手] CUT笠井あゆみ

[孤独な犬たち] CUT葛西リカコ

■菅野 彰

[毎日晴天!]

[子供は止まらない 毎日晴天!2]

[子供の言い分 毎日晴天!3]

[いそがないで。 毎日晴天!4]

# キャラ文庫既刊

[花屋の二階で 毎日晴天!5]
[子供たちの長い夜 毎日晴天!6]
[僕らがもう大人だとしても 毎日晴天!7]
[花屋の店先で 毎日晴天!8]
[君が幸いと呼ぶ時間 毎日晴天!9]
[明日晴れても 毎日晴天!10]
[夢のころ、夢の町で。 毎日晴天!11] CUT 二宮悦巳
[高校教師、なんですが。] CUT 山田ユギ

**■杉原理生**
[親友の距離] CUT 穂波ゆきね
[きみと暮らせたら] CUT 高久尚子
[息もとまるほど] CUT 三池ろむこ

**■砂原糖子**
[シガレット×ハニー] CUT 水名瀬雅良

**■春原いずみ**
[舞台の幕が上がる前に] CUT 禾田みちる
[神の右手を持つ男] CUT 有馬かつみ
[銀盤を駆けぬけて] CUT 須賀邦彦
[真夜中に歌うアリア] CUT 沖銀ジョウ
[警視庁十三階にて]
[警視庁十三階の罠 警視庁十三階にて2] CUT 宮本佳野
[略奪者の弓] CUT Ciel

**■高岡ミズミ**
[この男からは取り立て禁止!] CUT 桜城やや
[愛を知らないろくでなし] CUT 長門サイチ
[愛執の赤い月] CUT 有馬かつみ
[夜を統べるジョーカー] CUT 実相寺紫子
[お天道様の言うとおり] CUT 山本小鉄子
[依頼人は証言する] CUT 山田シロ
[人類学者は骨で愛を語る] CUT 汞りょう
[僕が一度死んだ日] CUT 穂波ゆきね

[闇夜のサンクチュアリ] CUT 高階 佑
[鬼の接吻] CUT 禾田みちる

**■高遠琉加**
[神様も知らない]
[楽園の蛇 神様も知らない2] CUT 高階 佑

**■谷崎 泉**
[諸行無常というけれど]
[落花流水の如く 諸行無常というけれど2] CUT 金ひかる

**■月村 奎**
[そして恋がはじまる] シリーズ全2巻 CUT 夢花 李
[アプローチ] CUT 夏乃あゆみ

**■遠野春日**
[眠らぬ夜のギムレット] シリーズ全2巻 CUT 沖麻実也
[ブリュワリーの麗人] CUT 水名瀬雅良
[高慢な野獣は花を愛す] CUT 汞りょう
[華麗なるフライト]
[管制塔の貴公子 華麗なるフライト2] CUT 麻々原絵里依
[砂楼の花嫁] CUT 円陣闇丸
[玻璃の館の英国貴族] CUT 円屋榎英
[芸術家の初恋] CUT 穂波ゆきね
[欲情の極華] CUT 北沢きょう
[獅子の系譜]
[獅子の寵愛 獅子の系譜2] CUT 夏河シオリ
[蜜なる異界の契約] CUT 笠井あゆみ

**■中原一也**
[仁義なき課外授業] CUT 新藤まゆり
[後にも先にも] CUT 梨とりこ
[居候には逆らえない] CUT 乃一ミクロ
[中華飯店に潜入せよ] CUT 相葉キョウコ
[親友とその息子] CUT 兼守美行
[双子の獣たち] CUT 笠井あゆみ

[野良犬を追う男] CUT 水名瀬雅良
[ブラックジャックの罠] CUT 小山田あみ

**■凪良ゆう**
[恋愛前夜] CUT 穂波ゆきね
[天涯行き] CUT 高久尚子

**■西江彩夏**
[片づけられない王様] CUT 麻生ミツ晃

**■西野 花**
[溺愛調教] CUT 笠井あゆみ

**■鳩村衣杏**
[共同戦線は甘くない!] CUT 桜城やや
[やんごとなき執事の条件] CUT 沖銀ジョウ
[汝の隣人を恋せよ] CUT 和鐵屋匠
[両手に美男] CUT 乃一ミクロ
[友人と寝てはいけない] CUT 小山田あみ
[歯科医の弱点] CUT 佳門サエコ

**■樋口美沙緒**
[八月七日を探して] CUT 高久尚子
[他人じゃないけれど] CUT 穂波ゆきね
[狗神の花嫁]
[花嫁と神々の宴 狗神の花嫁2] CUT 高星麻子

**■火崎 勇**
[楽天主義者とボディガード] CUT 新藤まゆり
[荊の鎖] CUT 麻生 海
[それでもアナタの虜] CUT 司狼 亨
[そのキスの裏のウラ] CUT 羽根田実
[お届けにあがりました!] CUT 山田シロ
[灰色の雨に恋の降る] CUT 皇ソラ
[牙を剥く男] CUT 汞りょう
[満月の狼] CUT 有馬かつみ
[刑事と花束] CUT 夏河
[足 枷] CUT Ciel
[龍と焔] CUT いさき李果

# キャラ文庫既刊

[理不尽な求愛者] CUT駒城ミチヲ

■菱沢九月
[小説家は懺悔する]シリーズ全3巻 CUT高久尚子
[夏休みには遅すぎる] CUT山田ユギ
[本番開始5秒前] CUT新藤まゆり
[セックスフレンド] CUT水名瀬雅良
[ケモノの季節] CUT汞りょう
[年下の彼氏] CUT穂波ゆきね
[好きで子供なわけじゃない] CUT山本小鉄子
[飼い主はなつかない] CUT高星麻子

■松岡なつき
[声にならないカデンツァ] CUTビリー高橋
[ブラックタイで革命を]シリーズ全2巻 CUT緋色れーいち
[センターコート]全3巻 CUT須賀邦彦
[旅行鞄をしまえる日] CUT史堂 櫂
[NOと言えなくて] CUT果桃なばこ
[WILD WIND] CUT雪舟 薫
[FLESH & BLOOD①～⑳] CUT①～⑪雪舟 薫／⑫～彩
[FLESH & BLOOD外伝 —女王陛下の海賊たち—] CUT彩
[H・K《ホンコン》ドラグネット]全4巻 CUT乃一ミクロ

■水原とほる
[青の疑惑] CUT彩
[午前一時の純真] CUT小山田あみ
[ただ、優しくしたいだけ] CUT山田ユギ
[氷面鏡] CUT真生るいす
[春の泥] CUT宮本佳野
[金色の龍を抱け] CUT高階 佑
[災厄を運ぶ男] CUT葛西リカコ
[義を継ぐ者] CUT高階 佑
[夜間診療所] CUT新藤まゆり
[蛇喰い] CUT和鐵屋匠
[気高き花の支配者] CUTみずかねりょう

[二本の赤い糸] CUT金ひかる
[The Barber—ザ・バーバー—]
[The Cop—ザ・コップ— The Barber 2] CUT兼守美行
[ふかい森のなかで] CUT小山田あみ
[彼氏とカレシ] CUT十月絵子
[愛と贖罪] CUT葛西リカコ

■水無月さらら
[お気に召すまで] CUT北畠あけの
[オトコにつまずくお年頃] CUT汞りょう
[オレたち以外は入室不可!] CUT梅沢はな
[九回目のレッスン] CUT高久尚子
[裁かれる日まで] CUTカズアキ
[主治医の采配] CUT小山田あみ
[新進脚本家は失踪中] CUT一ノ瀬ゆま
[美少年は32歳!?] CUT高星麻子
[元カレと今カレと僕] CUT水名瀬雅良
[ベイビーは男前] CUTみずかねりょう
[寝心地はいかが?] CUT金ひかる

■水壬楓子
[桜姫]シリーズ全3巻 CUT長門サイチ
[シンプリー・レッド] CUT汞りょう
[作曲家の飼い犬] CUT羽根田実
[本日、ご親族の皆様には。] CUT黒沢 椎
[森羅万象 狼の式神]
[森羅万象 水守の守]
[森羅万象 狐の輿入] CUT新藤まゆり

■宮緒 葵
[二つの爪痕] CUT兼守美行

■夜光 花
[シャンパーニュの吐息] CUT汞りょう
[君を殺した夜] CUT小山田あみ
[七日間の囚人] CUTあそう瑞穂
[天涯の佳人] CUT DUO BRAND.
[不浄の回廊]

[二人暮らしのユウウツ 不浄の回廊2] CUT小山田あみ
[眠る劣情] CUT高階 佑
[愛を乞う] CUT榎本
[束縛の呪文] CUT香坂あきほ
[ミステリー作家串田寥生の考察] CUT高階 佑

■吉原理恵子
[二重螺旋]
[愛情鎖縛 二重螺旋2]
[攣哀感情 二重螺旋3]
[相思喪曖 二重螺旋4]
[深想心理 二重螺旋5]
[業火顕乱 二重螺旋6]
[嵐気流 二重螺旋7]
[双曲線 二重螺旋8] CUT円陣闇丸
[間の楔]全6巻 CUT長門サイチ

■渡海奈穂
[兄弟とは名ばかりの] CUT木下けい子
[小説家とカレ] CUT穂波ゆきね

〈四六判ソフトカバー〉

■英田サキ
[HARD TIME DEADLOCK外伝] CUT高階 佑

■凪良ゆう
[きみが好きだった] CUT宝井理人

■菱沢九月
[同い年の弟] CUT穂波ゆきね

■松岡なつき
[王と夜啼鳥《ナイチンゲール》 FLESH&BLOOD外伝] CUT彩

■吉原理恵子
[灼視線 二重螺旋外伝] CUT円陣闇丸

〈2013年9月27日現在〉

# 投稿小説★大募集

『楽しい』『感動的な』『心に残る』『新しい』小説——

みなさんが本当に読みたいと思っているのは、どんな物語ですか？　みずみずしい感覚の小説をお待ちしています！

## •応募きまり•

### [応募資格]
商業誌に未発表のオリジナル作品であれば、制限はありません。他社でデビューしている方でもOKです。

### [枚数／書式]
20字×20行で50〜300枚程度。手書きは不可です。原稿は全て縦書きにして下さい。また、800字前後の粗筋紹介をつけて下さい。

### [注意]
①原稿はクリップなどで右上を綴じ、各ページに通し番号を入れて下さい。また、次の事柄を１枚目に明記して下さい。
（作品タイトル、総枚数、投稿日、ペンネーム、本名、住所、電話番号、職業・学校名、年齢、投稿・受賞歴）
②原稿は返却しませんので、必要な方はコピーをとって下さい。
③締め切りは特別に定めません。採用の方にのみ、原稿到着から３ヶ月以内に編集部から連絡させていただきます。また、有望な方には編集部からの講評をお送りします。
④選考についての電話でのお問い合わせは受け付けできませんので、ご遠慮下さい。
⑤ご記入いただいた個人情報は、当企画の目的以外での利用はいたしません。

### [あて先]
〒105-8055 東京都港区芝大門2-2-1
徳間書店 Chara編集部 投稿小説係

# 投稿イラスト★大募集

キャラ文庫を読んで、イメージが浮かんだシーンをイラストにしてお送り下さい。キャラ文庫、『Chara』『Chara Selection』『小説Chara』などで活躍してみませんか？

## •応募きまり•

### [応募資格]

応募資格はいっさい問いません。マンガ家&イラストレーターとしてデビューしている方でもOKです。

### [枚数／内容]

①イラストの対象となる小説は『キャラ文庫』か『Chara、Chara Selection、小説Charaにこれまで掲載された小説』に限ります。
②カラーイラスト1点、モノクロイラスト3点の合計4点。カラーは作品全体のイメージを。モノクロは背景やキャラクターの動きの分かるシーンを選ぶこと（裏にそのシーンのページ数を明記）。
③用紙サイズはA4以内。使用画材は自由。

### [注意]

①カラーイラストの裏に、次の内容を明記して下さい。
（小説タイトル、投稿日、ペンネーム、本名、住所、電話番号、職業・学校名、年齢、投稿・受賞歴、返却の要・不要）
②原稿返却希望の方は、切手を貼った返却用封筒を同封して下さい。封筒のない原稿は編集部で処分します。返却は応募から1ヶ月前後。
③締め切りは特別に定めません。採用の方にのみ、編集部から連絡させていただきます。また、有望な方には編集部から講評をお送りします。選考結果の電話でのお問い合わせはご遠慮下さい。
④ご記入いただいた個人情報は、当企画の目的以外での利用はいたしません。

### [あて先]

〒105-8055 東京都港区芝大門2-2-1
徳間書店 Chara編集部 投稿イラスト係

# キャラ文庫最新刊

## 教え子のち、恋人
桜木知沙子
イラスト◆高久尚子

地味な塾講師の真貝《しんかい》。ある日、元教え子で同僚の玖波《くば》にゲイだとバレるが、玖波はなぜか「俺と付き合いませんか」と囁いて!?

## 理不尽な求愛者
火崎　勇
イラスト◆駒城ミチヲ

大学構内で起きた殺人事件――。若手刑事の清白《すずしろ》は、一色《いっしき》教授に協力を要請するが、「犯人より君が知りたい」と口説かれて!?

## 愛と贖罪
水原とほる
イラスト◆葛西リカコ

両親を亡くした大学生の歩《あゆむ》は叔父の直人《なおと》と同居を始める。ある日、直人の倒錯的なSEXを見た歩は、妖しく誘われて――!?

### 10月新刊のお知らせ

可南さらさ［先輩とは呼べないけれど］cut／穂波ゆきね
愁堂れな［猫耳探偵と恋人 猫耳探偵と助手2］cut／笠井あゆみ
松岡なつき［FLESH&BLOOD《フレッシュブラッド》㉑］cut／彩

お楽しみに♡

10月26日(土)発売予定